国学典藏·线装书系

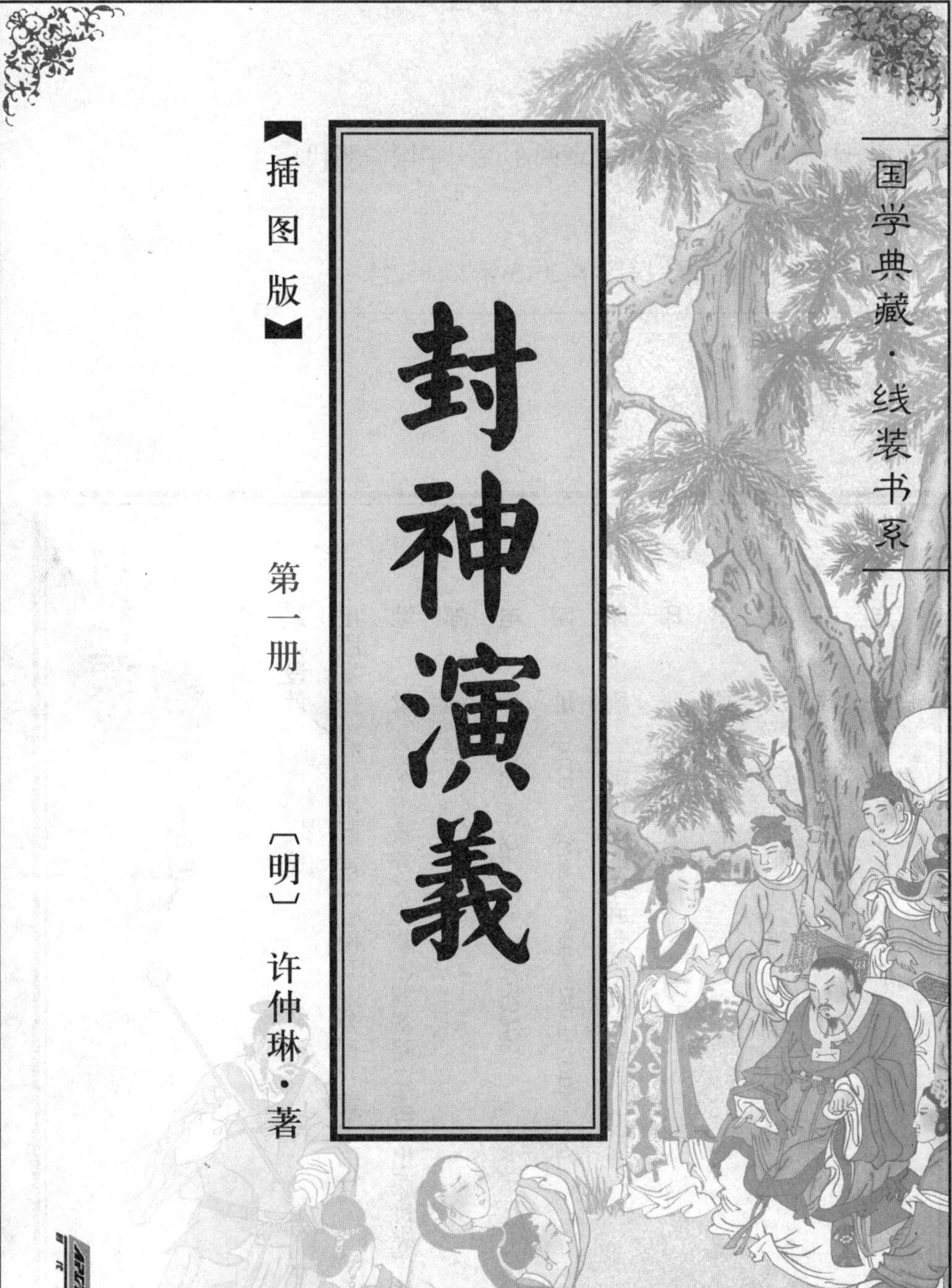

封神演義

【插图版】

第一册

〔明〕许仲琳·著

时代出版传媒股份有限公司
黄山书社

图书在版编目（CIP）数据

封神演义 / (明) 许仲琳著. -- 合肥 : 黄山书社,
2013.11
ISBN 978-7-5461-3955-5

Ⅰ.①封… Ⅱ.①许… Ⅲ.①章回小说－中国－明代
Ⅳ.①I242.4

中国版本图书馆CIP数据核字(2013)第266852号

封神演义

作　　者　(明) 许仲琳
责任编辑　朱莉莉
装帧设计　三讀書館 SANDU BOOKSTORE
出版发行　时代出版传媒股份有限公司　黄山书社
地　　址　合肥市政务文化新区翡翠路1118号出版传媒广场7层
邮　　编　二三〇〇七一
电　　话　0551-63533762　63533768
网　　址　http://www.pressmart.com
印　　刷　三河市文通印刷包装有限公司
印　　张　七〇点五
字　　数　八〇〇千字
版　　次　二〇一六年九月第一版第二次印刷
印　　数　三〇〇〇
定　　价　三九九元（一函六册）

ISBN 978-7-5461-3955-5
9 787546 139555 >

目录

第一回　纣王女娲宫进香

古风一首：

混沌初分盘古先，太极两仪四象悬。
子天丑地人寅出，避除兽患有巢贤。
燧人取火免鲜食，伏羲画卦阴阳前。
神农治世尝百草，轩辕礼乐婚姻联。
少昊五帝民物阜，禹王治水洪波蠲。
承平享国至四百，桀王无道乾坤颠。
日纵妹喜荒酒色，成汤造亳洗腥膻。
放桀南巢拯暴虐，云霓如愿后苏全。
三十一世传殷纣，商家脉络如断弦。
紊乱朝纲绝伦纪，杀妻诛子信谗言。
秽污宫闱宠妲己，虿盆炮烙忠贞冤。
鹿台聚敛万姓苦，愁声怨气应障天。

直谏剖心尽焚炙，孕妇刳剔朝涉歼，
崇信奸回弃朝政，屏逐师保性何偏，
郊社不修宗庙废，奇技淫巧尽心研，
昵比罪人乃罔畏，沉酗肆虐如鹯鸢。
西伯朝商囚羑里，微子抱器走风烟。
皇天震怒降灾毒，若涉大海无渊边。
天下荒荒万民怨，子牙出世人中仙，
终日垂丝钓人主，飞熊入梦猎岐田，
共载归周辅朝政，三分有二日相沿。
文考未集大勋没，武王善述日乾乾。
孟津大会八百国，取彼凶残伐罪愆。
甲子昧爽会牧野，前徒倒戈反回旋。
若崩厥角齐稽首，血流漂杵脂如泉。
戎衣甫着天下定，更于成汤增光妍。

后帝乙在位三十年而崩，托孤与太师闻仲，随立寿王为天子，名曰纣王，都朝歌。

牧马华山示偃武，开我周家八百年。
太白旗悬独夫死，战亡将士幽魂潜。
天挺人贤号尚父，封神坛上列花笺，
大小英灵尊位次，商周演义古今传。

成汤乃黄帝之后也，姓子氏。初，帝喾次妃简狄祈于高禖，有玄鸟之祥，遂生契。契事唐虞为司徒，教民有功，封于商。传十三世生太乙，是为成汤；闻伊尹耕于有莘之野，而乐尧舜之道，是个大贤，即时以币帛，三遣使往聘之，而不敢用，进之于天子。桀王无道，信谗逐贤，而不能用，复归之于汤。后桀王日事荒淫，杀直臣关龙逢，众庶莫敢直言；汤使人哭之。桀王怒，囚汤于夏台。后汤得释而归国。出郊，见人张网四面而祝之曰：『从天坠者，从地出者，从四方来者，皆罹吾网！』汤解其三面，止置一面，更祝曰：『欲左者左，欲右者右，欲高者高，欲下者下；不用命者乃入吾网！』汉南闻之曰：『汤德至矣！』归之者四十余国。桀恶日暴，民不聊生。伊尹乃相汤伐桀，放桀于南

巢。诸侯大会，汤退而就诸侯之位。诸侯皆推汤为天子。于是汤始即位，都于亳。元年乙未，汤在位，除桀虐政，顺民所喜，远近归之。因桀无道，大旱七年，成汤祈祷桑林，天降大雨。又以庄山之金铸币，救民之命。作乐『大濩』，濩者护也，言汤宽仁大德，能救护生民也。在位十三年而崩，寿百岁，享国六百四十年，传至商受而止：

成汤　太甲　沃丁　太庚　小甲

雍己　太戊　仲丁　外壬　河亶甲

祖乙　祖辛　沃甲　祖丁　南庚

阳甲　盘庚　小辛　小乙　武丁

祖庚　祖甲　廪辛　庚丁　武乙

太丁　帝乙　纣王

纣王乃帝乙之三子也。帝乙生三子：长曰微子启；次曰微子衍；三曰寿王。因帝乙游于御园，领众文武玩赏牡丹，因飞云阁塌了一梁，寿王托梁换柱，力大无比；因首相商容、上大夫梅柏、赵启等上本立东宫，乃立季子寿王为太子。后帝乙在位三十年而崩，托孤与太师闻仲，随立寿王为天子，名曰纣王，都朝歌。文有太师闻仲，武有镇国武成王黄飞虎；文足以安邦，武足以定国。中宫元配皇后姜氏，西宫妃黄氏，馨庆宫妃杨氏；三宫后妃，皆德性贞静，柔和贤淑。纣王坐享太平，万民乐业，风调雨顺，国泰民安；四夷拱手，八方宾服，八百镇诸侯尽朝于商——有四路大诸侯率领八百小诸侯，东伯侯姜桓楚，居于东鲁，南伯侯鄂崇禹，西伯侯姬昌，北伯侯崇侯虎；每一镇诸侯领二百镇小诸侯，共八百镇诸侯属商。

纣王七年，春二月，忽报到朝歌，反了北海七十二路诸侯袁福通等。太师闻仲奉敕征北。不题。

一日，纣王早朝登殿，设聚文武。但见：

瑞霭纷纭，金銮殿上坐君王；祥光缭绕，白玉阶前列文武。沉檀八百喷金炉，则见那珠帘高卷；兰麝氤氲笼宝扇，且看他雉尾低回。

天子问当驾官：『有奏章出班，无事朝散。』言未毕，只见右班中一人出班，俯伏金阶，高擎牙笏，山呼称臣：『臣商容待罪宰相，执掌朝纲，有事不敢不奏。明日乃三月十五日，女娲娘娘圣诞之辰，请陛下驾临女娲宫降香。』王曰：『女娲有何功德，朕轻万乘而往降香？』商容奏曰：『女娲娘娘乃上古神女，生有圣德。那时共工氏头触不周山，天倾西北，地陷东南；女娲乃采五色石，炼之以补青天，故有功于百姓。黎庶立禋祀以报之。今朝歌祀此福神，则四时康泰，国祚绵长，风调雨顺，灾害潜消。此福国庇民之正神，陛下当往行香。』王曰：『准卿奏章。』纣王还宫。旨意传出：次日天子乘辇，随带两班文武，往女娲宫进香。——此一回纣王不来还好，只因进香，惹得四海荒荒，生民失业。正所谓：漫江撒下钩和线，从此钓出是非来。怎见得，有诗为证：

天子鸾舆出凤城，旌旄瑞色映簪缨。

龙光剑吐风云色，赤羽幢摇日月精。

堤柳晓分仙掌露，溪花光耀翠裘清。

欲知巡幸瞻天表，万国衣冠拜圣明。

驾出朝歌南门，家家焚香设火，户户结彩铺毡。三千铁骑，八百御林，武成王黄飞虎保驾，满朝文武随行，前至女娲宫。天子离辇，上大殿，香焚炉中；文武随班拜贺毕。纣王观看殿中华丽。怎见得：

殿前华丽，五彩金妆。金童对对执幡幢；玉女双双捧如意。玉钩斜挂，半轮新月悬空；宝帐婆娑，万对彩鸾朝斗。碧落床边，俱是舞鹤翔鸾；沉香宝座，造就走龙飞凤。飘飘奇彩异寻常，金炉瑞霭；袅袅祯祥腾紫雾，银烛辉煌。君王正看行宫景，一阵狂风透胆寒。

纣王正看此宫殿宇齐整，楼阁丰隆，忽一阵狂风，卷起幔帐，现出女娲圣像，容貌端丽，瑞彩翩跹，国色天姿，婉然如生；真是蕊宫仙子临凡，月殿嫦娥下世。古语云：『国之将兴，必有祯祥；国之将亡，必有妖孽。』纣王一见，神魂飘荡，陡起淫心。自思：朕贵为天子，富有四海，纵有六院三宫，并无有此艳色。王曰：『取文房四宝。』侍驾官忙取将来，献与纣王。天子深润紫毫，在行宫粉壁之上作诗一首：

凤鸾宝帐景非常，尽是泥金巧样妆。

曲曲远山飞翠色，翩翩舞袖映霞裳。

唤彩云童儿把后宫中金葫芦取来，放在丹墀之下；揭去芦盖，用手一指。

梨花带雨争娇艳，芍药笼烟骋媚妆。
但得妖娆能举动，取回长乐侍君王。

天子作毕，只见首相商容启奏曰：『女娲乃上古之正神，朝歌之福主。老臣请驾拈香，祈求福德，使万民乐业，雨顺风调，兵火宁息。今陛下作诗亵渎圣明，毫无虔敬之诚，是获罪于神圣，非天子巡幸祈请之礼。愿主公以水洗之。恐天下百姓观见，传言圣上无有德政耳。』王曰：『朕看女娲之容有绝世之姿，因作诗以赞美之，岂有他意？卿毋多言。况孤乃万乘之尊，留与万姓观之，可见娘娘美貌绝世，亦见孤之遗笔耳。』言罢回朝。文武百官默默点首，莫敢谁何，俱钳口而回。有诗为证：

凤辇龙车出帝京，拈香厘祝女中英。
只知祈福黎民乐，孰料吟诗万姓惊。
目下狐狸为太后，眼前豺虎尽簪缨。
上天垂象皆如此，徒令英雄叹不平。

天子驾回，升龙德殿。百官朝贺而散。时逢望辰，三宫妃后朝君：中宫姜后，西宫黄妃，馨庆宫杨妃，朝毕而退。按下不表。

且言女娲娘娘降诞，三月十五日往火云宫朝贺伏羲、炎帝、轩辕三圣而回，下得青鸾，坐于宝殿。玉女金童朝礼毕，娘娘猛抬头，看见粉壁上诗句，大怒骂曰：『殷受无道昏君，不想修身立德以保天下，今反不畏上天，吟诗亵我，甚是可恶！我想成汤伐桀而王天下，享国六百余年，气数已尽；若不与他个报应，不见我的灵感。』即唤碧霞童子驾青鸾往朝歌一回。不题。

却说二位殿下殷郊、殷洪来参谒父王——那殷郊后来是『封神榜』上『值年太岁』；殷洪是『五谷神』：皆有名神将。正行礼间，顶上两道红光冲天。娘娘正行时，被此气挡住云路；因望下一看，知纣王尚有二十八年气运，不可造次，暂回行宫，心中不悦。唤彩云童儿把后宫中金葫芦取来，放在丹墀之下；揭去芦盖，用手一指。葫芦中有一道白光，其大如线，高四五丈有余。白光之上，悬出一道幡来，光分五彩，瑞映千条，名曰『招妖幡』。不一时，悲风飒飒，惨雾迷漫，阴云四合，风过数阵，天下群妖俱到行宫听候法旨。娘娘吩咐彩云：『着各处妖魔且退；只留轩辕坟中三妖伺候。』三妖进宫参谒，口称：『娘娘圣寿无疆！』这三妖一个是千年狐狸精，一个是九头雉鸡精，一个是玉石琵琶精，俯伏丹墀。娘娘曰：『三妖听吾密旨：成汤望气黯然，当失天下；凤鸣岐山，西周已生圣主。天意已定，气数使然。你三妖可隐其妖形，托身宫院，惑乱君心；俟武王伐纣，以助成功，不可残害众生。事成之后，使你

等亦成正果。』娘娘吩咐已毕，三妖叩头谢恩，化清风而去。正是：狐狸听旨施妖术，断送成汤六百年。有诗为证：

诗曰：

三月中旬驾进香，吟诗一首起飞殃。
只知把笔施才学，不晓今番社稷亡。

按下女娲娘娘吩咐三妖，不题。

且言纣王只因进香之后，看见女娲美貌，朝暮思想，寒暑尽忘，寝食俱废，每见六院三宫，真如尘饭土羹，不堪谛视；终朝将此事不放心怀，郁郁不乐。一日驾升显庆殿，时有常随在侧。纣王忽然猛省，着奉御宣中谏大夫费仲。——乃纣王之幸臣；近因闻太师仲，奉敕平北海，大兵远征，戍外立功，因此上就宠费仲、尤浑二人。此二人朝朝蠹惑圣聪，谗言献媚，纣王无有不从。大抵天下将危，佞臣当道。——不一时，费仲朝见。王曰：『朕因女娲宫进香，偶见其颜艳丽，绝世无双，三宫六院，无当朕意，将如之何？卿有何策，以慰朕怀？』费仲奏曰：『陛下乃万乘之尊，富有四海，德配尧、舜，天下之所有，皆陛下之所有，何思不得，这有何难。陛下明日传一旨，颁行四路诸侯：每一镇选美女百名以充王庭。何忧天下绝色不入王选乎。』纣王大悦：『卿所奏甚合朕意。明日早朝发旨。卿且暂回。』随即命驾还宫。毕竟不知此后何如，且听下回分解。

第二回　冀州侯苏护反商

诗曰：

丞相金銮直谏君，忠肝义胆孰能群？
早知侯伯来朝觐，空费倾葵纸上文。

话说纣王听奏大喜，即时还宫。一宵经过。次日早朝，聚两班文武朝贺毕。纣王便问当驾官：『即传朕旨意，颁行四镇诸侯，与朕每一镇地方拣选良家美女百名，不论富贵贫贱，只以容貌端庄，情性和婉，礼度闲淑，举止大方，以充后宫役使。』天子传旨未毕，只见左班中一人应声出奏，俯伏言曰：『老臣商容启奏陛下：君有道则万民乐业，不令而从。况陛下后宫美女，不啻千人，嫔御而上，又有妃后。今劈空欲选美女，恐失民望。臣闻「乐民之乐者，民亦乐其乐；忧民之忧者，民亦忧其忧」。此时水旱频仍，乃事女色，实为陛下不取也。故尧、舜与民偕乐，以仁德化天下，不事干戈，不行杀伐，景星耀天，甘露下降，凤凰止于庭，芝草生于野；民丰物阜，行人让路，犬无吠声，夜雨昼晴，稻生双穗：此乃有道兴隆之象也。今陛下若取近时之乐，则目眩多色，耳听淫声，沉湎酒色，游于苑圃，猎于山林：此乃无道败亡之象也。老臣待罪首相，位列朝纲，侍君三世，不得不启陛下。臣愿陛下：进贤，退不肖，修行仁义，通达道德，则和气贯于天下，自然民富财丰，天下太平，四海雍熙，与百姓共享无穷之福。况今北海干戈未息，正宜修其德，爱其民，惜其财费，重其使令，虽尧、舜不过如是；又何必区区选侍，然后为乐哉？臣愚不识忌

讳，望祈容纳。』纣王沉思良久：『卿言甚善，朕即免行。』言罢，群臣退朝，圣驾还宫。不题。

不意纣王八年，夏四月，天下四大诸侯率领八百镇朝觐于商。那四镇诸侯乃东伯侯姜桓楚，南伯侯鄂崇禹，西伯侯姬昌，北伯侯崇侯虎。天下诸侯俱进朝歌。此时太师闻仲不在都城，纣王宠用费仲、尤浑。各诸侯俱知二人把持朝政，擅权作威，少不得先以礼贿之以结其心，正所谓『未去朝天子，先来谒相公』。内中有位诸侯，乃冀州侯，姓苏名护，此人生得性如烈火，刚方正直，哪里知道奔竞夤缘？平昔见稍有不公不法之事，便执法处分，不少假借，故此二人俱未曾送有礼物。也是合当有事，那日二人查天下诸侯俱送有礼物，独苏护并无礼单，心中大怒，怀恨于心。不题。

其日元旦吉晨，天子早朝，设聚两班文武，众官拜贺毕。黄门官启奏陛下：『今年及朝驾之年，天下诸侯皆在午门外朝贺，听候玉音发落。』纣王问首相商容，容曰：『陛下止可宣四镇首领臣面君，采问民风土俗，淳庞浇竞，国治邦安；其余诸侯俱在午门外朝贺。』天子闻言大悦：『卿言极善。』随命黄门官传旨：『宣四镇诸侯见驾，其余午门朝贺。』

话说四镇诸侯整齐朝服，轻摇玉珮，进午门，行过九龙桥，至丹墀，山呼朝拜毕，俯伏。王慰劳曰：『卿等与朕宣猷赞化，抚绥黎庶，镇摄荒服，威远宁迩，多有勤劳，皆卿等之功耳。朕心喜悦。』东伯侯奏曰：『臣等荷蒙圣恩，官居总镇。臣等自叨职掌，日夜兢兢，常恐不克负荷，有幸圣心；纵有犬马微劳，不过臣子分内事，尚不足报涓

此时太师闻仲不在都城，纣王宠用费仲、尤浑。

涯于万一耳，又何劳圣心垂念！臣等不胜感激！』天子龙颜大喜，命首相商容、亚相比干于显庆殿治宴相待。四臣叩头谢恩，离丹墀前至显庆殿，相序筵宴。不题。

天子退朝至便殿，宣费仲、尤浑二人，问曰：『前卿奏朕，欲令天下四镇大诸侯进美女，朕欲颁旨，又被商容谏止；今四镇诸侯在此，明早召入，当面颁行，俟四人回国，以便拣选进献，且免使臣往返。二卿意下若何？』费仲俯伏奏曰：『首相谏止采选美女，陛下当日容纳，即行停旨，此美德也。臣下共知，众庶共知，天下景仰。今一旦复行，是陛下不足以取信于臣民，切为不可。臣近访得冀州侯苏护有一女，艳色天姿，幽闲淑性，若选进宫帏，随侍左右，堪任役使。况选一人之女，又不惊扰天下百姓，自不动人耳目。』纣王听言，不觉大悦：『卿言极善！』即命随侍官传旨：『宣苏护。』使命来至馆驿传旨：『宣冀州侯苏护商议国政。』苏护即随使命至龙德殿朝见，礼毕，俯伏听命。王曰：『朕闻卿有一女，德性幽闲，举止中度。朕欲选侍后宫。卿为国

戚，食其天禄，受其显位，永镇冀州，坐享安康，名扬四海，天下莫不欣羡。卿意下如何？』苏护听言，正色而奏曰：『陛下宫中，上有后妃，下至嫔御，不啻数千。妖冶妩媚，何不足以悦王之耳目？乃听左右谄谀之言，陷陛下于不义。况臣女蒲柳陋质，素不谙礼度，德色俱无足取。乞陛下留心邦本，速斩此进谗言之小人，使天下后世知陛下正心修身，纳言听谏，非好色之君，岂不美哉！』纣王大笑曰：『卿言甚不谙大体。自古乃今，谁不愿女作门楣。况女为后妃，贵敌天子；卿为皇亲国戚，赫奕显荣，孰过于此！卿毋迷惑，当自裁审。』苏护闻言，不觉厉声言曰：『臣闻人君修德勤政，则万民悦服，四海景从，天禄永终。昔日有夏失政，淫荒酒色；惟我祖宗不迩声色，不殖货财，德懋懋官，功懋懋赏，克宽克仁，方能割正有夏，彰信兆民，邦乃其昌，永保天命。今陛下不取法祖宗，而效彼夏王，是取败之道也。况人君爱色，必颠覆社稷；卿大夫爱色，必绝灭宗庙；士庶人爱色，必戕贼其身。且君为臣之标率，君不向道，臣下将化之，而朋比作奸，天下事尚忍言哉！臣恐商家六百余年基业，必自陛下紊乱之矣。』纣王听苏护之言，勃然大怒曰：『君命召，不俟驾；君赐死，不敢违；况选汝一女为后妃乎！敢以戆言忤旨，面折朕躬，以亡国之君匹朕，大不敬孰过于此！着随侍官，拿出午门，送法司勘问正法！』左右随将苏护拿下。转出费仲、尤浑二人，上殿俯伏奏曰：『苏护忤旨，本该勘问；但陛下因选侍其女，以致得罪；使天下闻之，道陛下轻贤重色，阻塞言路。不若赦之归国，彼感皇上不杀之恩，自然将此女进贡宫闱，以侍皇上。庶百姓知陛下宽仁大度，纳谏容流，而保护有功之臣。是一举两得之意。愿陛下准臣施行。』纣王闻言，天颜少霁：『依卿所奏。』即降赦，令彼还国，不得久羁朝歌。』

话说圣旨一下，迅如烽火，即催逼苏护出城，不容停止。那苏护辞朝回至驿亭，众家将接见慰问：『圣上召将军进朝，有何商议？』苏护大怒，骂曰：『无道昏君，不思量祖宗德业，宠信谗臣谄媚之言，欲选吾女进宫为妃。此必是费仲、尤浑以酒色迷惑君心，欲专朝政。我听旨不觉直言谏诤；昏君道我忤旨，拿送法司。二贼子又奏昏君，赦我归国，谅我感昏君不杀之恩，必将吾女送进朝歌，以遂二贼奸计。我想闻太师远征，二贼弄权，眼见昏君必荒淫酒色，紊乱朝政，天下荒荒，黎民倒悬，可怜成汤社稷化为乌有。我自思：若不将此女进贡，昏君必兴问罪之师；若要送此女进宫，以后昏君失德，使天下人耻笑我不智。诸将必有良策教我。』众将闻言，齐曰：『吾闻「君不正则臣投外国」，今主上轻贤重色，眼见昏乱，不若反出朝歌，自守一国，上可以保宗社，下可保一家。』此时苏护正在盛怒之下，一闻此言，不觉性起，竟不思维，便曰：『大丈夫不可做不明白事。』叫左右：『取文房四宝来，题诗在午门墙上，以表我永不朝商之意。』诗曰：

君坏臣纲，有败五常。冀州苏护，永不朝商！

苏护题了诗，领家将径出朝歌，奔本国而去。

且言纣王见苏护当面折诤一番，不能遂愿，『虽准费、尤二人所奏，不知彼可能将女进贡深宫，以遂朕于飞之乐？』正踌躇不悦，只见看午门内臣俯伏奏曰：『臣在午门，见墙上苏护题有反诗十六字，不敢隐匿，伏乞圣裁。』

随侍接诗铺在御案上。纣王一见，大骂：『贼子如此无礼！朕体上天好生之德，不杀鼠贼，赦令归国，彼反写诗午门，大辱朝廷，罪在不赦！』即命：『宣殷破败、晁田、鲁雄等，统领六师，朕须亲征，必灭其国！』当驾官随宣鲁雄等见驾。不一时，鲁雄等朝见礼毕。王曰：『苏护反商，题诗午门，甚辱朝纲，情殊可恨，法纪难容。卿等统人马二十万为先锋；朕亲率六师，以声其罪。』鲁雄听罢，低首暗思：『苏护乃忠良之士，素怀忠义，何事触忤天子，自欲亲征，冀州休矣！』鲁雄为苏护俯伏奏曰：『苏护得罪于陛下，何劳御驾亲征。况且四大镇诸侯俱在都城，尚未归国，陛下可点一二路征伐，以擒苏护，明正其罪，自不失挞伐之威。何必圣驾远事其地。』纣王问曰：『四侯之内，谁可征伐？』费仲在旁，出班奏曰：『冀州乃北方崇侯虎属下，可命侯虎征伐。』纣王即准施行。鲁雄在侧自思：『崇侯虎乃贪鄙暴横之夫，提兵远征，所经地方，必遭残害，黎庶何以得安。见有西伯姬昌，仁德四布，信义素著。何不保举此人，庶几两全。』纣王方命传旨，鲁雄奏曰：『侯虎虽镇北地，恩信尚未孚于人，恐此行未能伸朝廷威德；不如西伯姬昌，仁义素闻，陛下若假以节钺，自不劳矢石，可擒苏护，以正其罪。』纣王思想良久，俱准奏。特旨令二侯秉节钺，得专征伐。使命持旨到显庆殿宣读。不题。

只见四镇诸侯与二相饮宴未散，忽报『旨意下』，不知何事。天使曰：『西伯侯、北伯侯接旨。』二侯出席接旨，跪听宣读：

诏曰：朕闻冠履之分维严，事使之道无两，故君命召，不俟驾；君赐死，不敢返命；乃所以隆尊卑，崇任使也。

兹不道苏护，狂悖无礼，立殿忤君，纪纲已失，被赦归国，不思自新，辄敢写诗午门，安心叛主，罪在不赦。赐尔姬昌等节钺，便宜行事，往惩其忤，毋得宽纵，罪有攸归。故兹诏示汝往。钦哉。谢恩。

天使读毕，二侯谢恩平身。姬昌对二丞相、三侯伯言曰：『苏护朝商，未进殿庭，未参圣上；今诏旨有「立殿忤君」，不知此语何来？且此人素怀忠义，累有军功，午门题诗，必有诈伪。天子听信何人之言，欲伐有功之臣。恐天下诸侯不服。望二位丞相明日早朝见驾，请察其详。苏护所得何罪？果言而正，伐之可也；倘言而不正，合当止之。』比干言曰：『君侯言之是也。』崇侯虎在旁言曰：『「王言如丝，其出如纶」。今诏旨已出，谁敢抗违。况苏护题诗午门，必然有据；天子岂无故而发此难端。今诸侯八百，俱不遵王命，大肆猖獗，是王命不能行于诸侯，乃取乱之道也。』姬昌曰：『公言虽善，是执其一端耳。不知苏护乃忠良君子，素秉丹诚，忠心为国，教民有方，治兵有法，数年以来，并无过失。今天子不知为谁人迷惑，兴师问罪于善类。此一节恐非国家之祥瑞。只愿当今不事干戈，不行杀伐，共乐尧年。况兵乃凶象，所经地方，必有惊扰之虞，且劳民伤财，穷兵黩武，师出无名，皆非盛世所宜有者也。』崇侯虎曰：『公言固是有理，独不思君命所差，概不由己？且煌煌天语，谁敢有违，以自取欺君之罪。』昌曰：『既如此，公可领兵前行，我兵随后便至。』当时各散。西伯便对二丞相言：『侯虎先去，姬昌暂回西岐，领兵续进。』遂各辞散。不题。

次日，崇侯虎下教场，整点人马，辞朝起行。

话说崇侯虎领五万人马，即日出兵，离了朝歌，望冀州进发。

且言苏护离了朝歌，同众士卒不一日回到冀州。护之长子苏全忠率领诸将出郭迎接。其时父子相会进城，帅府下马。众将到殿前见毕。护曰：『当今天子失政，天下诸侯朝觐，不知哪一个奸臣，暗奏吾女姿色，昏君宣吾进殿，欲将吾女选立宫妃。彼时被我当面谏诤，不意昏君大怒，将我拿问忤旨之罪，当有费仲、尤浑二人保奏，将我赦回，欲我送女进献。彼时心甚不快，偶题诗贴于午门而反商。此回昏君必点诸侯前来问罪。众将官听令：且将人马训练，城垣多用滚木炮石，以防攻打之虞。』诸将听令，日夜防维，不敢稍懈，以待厮杀。

话说崇侯虎领五万人马，即日出兵，离了朝歌，望冀州进发。但见：

轰天炮响，震地锣鸣。轰天炮响，汪洋大海起春雷；震地锣鸣，万仞山前丢霹雳。幡幢招展，三春杨柳交加；号带飘扬，七夕彩云蔽日。刀枪闪灼，三冬瑞雪重铺；剑戟森严，九月秋霜盖地。腾腾杀气锁天台。隐隐红云遮碧岸。十里汪洋波浪滚，一座兵山出土来。

大兵正行，所过州府县道，非止一日。前哨马来报：『人马已至冀州，请千岁军令定夺。』侯虎传令安营。怎见得：

东摆芦叶点钢枪，南摆月样宣花斧，
西摆马闸雁翎刀，北摆黄花硬柄弩，
中央戊己按勾陈，杀气离营四十五。
辕门下按九宫星，大寨暗藏八卦谱。

侯虎安下营寨，早有报马报进冀州。苏护问曰：『是哪路诸侯为将？』探事问曰：『乃北伯侯崇侯虎。』苏护大怒曰：『若是别镇诸侯，还有他议；此人素行不道，断不能以礼解释。不若乘此大破其兵，以振军威，且为万姓除害。』传令：『点兵出城厮战！』众将听令，各整军器出城，一声炮响，杀气振天。城门开处，将军马一字排开。苏护大叫曰：『传将进去，请主将辕门答话！』探事马飞报进营。侯虎传令整点人马。只见门旗开处，侯虎坐逍遥马，统领众将出营，展两杆龙凤绣旗。后有长子崇应彪压住阵脚。苏护见侯虎飞凤盔，金锁甲，大红袍，玉束带，紫骅骝，斩将大刀担于鞍鞒之上。苏护一见，马上欠身曰：『贤侯别来无恙。不才甲胄在身，不能全礼。今天子无道，轻贤重色，不思量留心邦本；听谗佞之言，强纳臣子之女为妃，荒淫酒色，不久天下变乱。不才自各守边疆，贤侯何故兴此无名之师？』崇侯听言大怒曰：『你忤逆天子诏旨，题反诗于午门，是为贼臣，罪不容诛。今奉诏问罪，则当

肘膝辕门，尚敢巧语支吾，持兵贯甲，以骋其强暴哉！』崇侯回顾左右：『谁与我擒此逆贼？』言未了，左哨下有一将，头带凤翅盔，黄金甲，大红袍，狮蛮带，青骢马，厉声而言曰：『待末将擒此叛贼！』连人带马滚至军前。这壁厢有苏护之子苏全忠，见那阵上一将当先，刺斜里纵马摇戟曰：『慢来！』全忠认得是偏将梅武。梅武曰：『苏全忠，你父子反叛，得罪天子，尚不倒戈服罪，而强欲抗天兵，是自取灭族之祸矣。』全忠拍马摇戟，劈胸来刺。梅武手中斧劈面相迎。但见：

二将阵前交战，锣鸣鼓响人惊。该因世上动刀兵，致使英雄相驰骋。这个哪分上下？那个两眼难睁。你拿我，凌烟阁上标名；我捉你，丹凤楼前画影。斧来戟架，绕身一点凤摇头；戟去斧迎，不离肥边过顶额。

两马相交，二十回合，早被苏全忠一戟刺梅武于马下。苏护见子得胜，传令擂鼓。冀州阵上大将赵丙、陈季贞纵马抡刀杀将来。一声喊起，只杀的愁云荡荡，旭日辉辉，尸横遍野，血溅成渠。侯虎麾下金蔡、黄元济、崇应彪且战且走，败至十里之外。

苏护传令鸣金收兵，回城到帅府，升殿坐下，赏劳有功诸将，『今日虽大破一阵，彼必整兵复仇，不然定请兵益将，冀州必危，如之奈何？』言未毕，副将赵丙上前言曰：『君侯今日虽胜，而征战似无已时。前者题反诗，今日杀军斩将，拒敌王命，此皆不赦之罪。况天下诸侯，非止侯虎一人，倘朝廷盛怒之下，又点几路兵来，冀州不过弹丸之地，诚所谓以石投水，立见倾危。若依末将愚见，一不做，二不休，侯虎新败，不过十里远近；乘其不备，人衔枚，

马摘辔，暗劫营寨，杀彼片甲不存，方知我等利害。然后再寻那一路贤良诸侯，依附于彼，庶可进退，亦可以保全宗社。不知君侯尊意何如？』护闻此言大悦，曰：『公言甚善，正合吾意。』即传令：命子全忠领三千人马出西门十里，五岗镇埋伏。全忠领命而去。陈季贞统左营，赵丙统右营，护自统中营。时值黄昏之际，卷幡息鼓，人皆衔枚，马皆摘辔，听炮为号，诸将听令。不表。

且言崇侯虎恃才妄作，提兵远伐，孰知今日损军折将，心甚羞惭。只得将败残军兵收聚，扎下行营。纳闷中军，郁郁不乐，对众将曰：『吾自行军，征伐多年，未尝有败；今日折了梅武，损了三军，如之奈何？』旁有大将黄元济谏曰：『君侯岂不知「胜败乃兵家常事」，想西伯侯大兵不久即至，破冀州如反掌耳。君侯且省愁烦，宜当保重。』侯虎军中置酒，众将欢饮。不题。有诗为证，诗曰：

侯虎提兵事远征，冀州城外驻行旌，
三千铁骑摧残后，始信当年浪得名。

且言苏护把人马暗暗调出城来，只待劫营。时至初更，已行十里。探马报与苏护，护即传令，将号炮点起。一声响亮，如天崩地塌，三千铁骑，一齐发喊，冲杀进营。如何抵当，好生利害，怎见得：

黄昏兵到，黑夜军临。黄昏兵到，冲开队伍怎支持？黑夜军临，撞倒寨门焉可立？人闻战鼓之声，惟知怆惶奔走；马听轰天之炮，难分南北东西。刀枪乱刺，那明上下交锋；将士相迎，岂知自家别个？浓睡军东冲西走；未醒将

怎着头盔，先行官不及鞍马，中军帅赤足无鞋。围子手东三西四，拐子马南北奔逃。劫营将骁如猛虎，冲寨军一似蛟龙。着刀的连肩拽背，着枪的两臂流红；逢剑的砍开甲胄，遇斧的劈破天灵。人撞人，自相践踏；马撞马，遍地尸横。着伤军哀哀叫苦，中箭将咽咽悲声。弃金鼓幡幢满地，烧粮草四野通红。只知道奉命征讨，谁承望片甲无存。愁云直上九重天，一派败兵随地拥。

只见三路雄兵，人人敢勇，个个争先。一片喊杀之声，冲开七层围子，撞倒八面虎狼。单言苏护，一骑马，一条枪，直杀入阵来，捉拿崇侯虎。左右营门，喊声震地。崇侯虎正在梦中闻见杀声，披袍而起，上马提刀，冲出帐来。只见灯光影里，看苏护金盔金甲，大红袍，玉束带，青骢马，火龙枪，大叫曰：『侯虎休走！速下马受缚！』捻手中枪劈心刺来。崇侯落慌，将手中刀对面来迎。两马相交。正战时，只见这崇侯虎长子应彪，带领金蔡、黄元济杀将来助战。崇营左粮道门赵丙杀来，右粮道门陈季贞杀来。两家混战，黑夜交兵。怎见得：

征云笼地户，杀气锁天关。天昏地暗排兵，月下星前布阵。四下里齐举火把，八方处乱掌灯球。那营里数员战将厮杀，这营中千匹战马如龙。灯影战马，火映征夫。灯影战马，千条烈焰照貔貅；火映征夫，万道红霞笼獬豸。开弓射箭，星前月下吐寒光；转背抡刀，灯里火中生灿烂。鸣金小校，恹恹二目竟难睁；擂鼓儿郎，渐渐双手不能举。刀来枪架，马蹄下人头乱滚；剑去戟迎，头盔上血水淋漓。锤鞭并举，灯前小校尽倾生；斧锏伤人，目下儿郎都丧命。喊天震地自相残，哭泣苍天连叫苦。只杀得满营炮响冲霄汉，星月无光斗府迷。

话说两家大战，苏护有心劫营，崇侯虎不曾防备，冀州人马以一当十。金葵正战，早被赵丙一刀砍于马下。侯虎见势不能支，且战且走，有长子应彪保父，杀一条路逃走。好似丧家之犬，漏网之鱼。冀州人马，凶如猛虎，恶似豺狼，只杀的尸横遍野，血满沟渠。急忙奔走，夜半更深，不认路途而行，只要保全性命。苏护赶杀侯虎败残人马约二十余里，传令鸣金收军。苏护得全胜回冀州。

单言崇侯虎父子，领败兵迤逦望前正走，只见黄元济、孙子羽催后军赶来，打马而行。侯虎在马上叫众将言曰：『吾自提兵以来，未尝大败；今被逆贼暗劫吾营，黑夜交兵，未曾准备，以致损折军将。此恨如何不报！吾想西伯侯姬昌自讨安然，违避旨意，按兵不动，坐观成败，真是可恨。』长子应彪答曰：『军兵新败，锐气已失，不如按兵不动，遣一军催西伯侯起兵前来接应，再作区处。』侯虎曰：『我儿所见甚明。到天明收住人马，再作别议。』

言未毕，一声炮响，喊杀连天，只听得叫：『崇侯虎快快下马受死！』侯虎父子、众将，急向前看时，见一员小将，束发金冠，金抹额，双摇两根雉尾，大红袍，金锁甲，银合马，画杆戟，面如满月，唇若涂硃，厉声大骂：『崇侯虎，吾奉父亲王命，在此候尔多时。可速倒戈受死！还不下马，更待何时？』侯虎大骂曰：『好贼子！你父子谋反，忤逆朝廷，杀了朝廷命官，伤了天子军马，罪业如山。寸磔汝尸，尚不足以赎其辜！偶尔夤夜中贼奸计，辄敢在此耀武扬威，大言不惭。不日天兵一到，汝父子死无葬身之地。谁与我拿此反贼？』黄元济纵马舞刀，直取苏全忠。全忠用手中戟，对面相还，两马相交。一场大战：

刮地寒风声飒飒，滚滚征尘飞紫雪。驰驰拨拨马嘀鸣，叮叮当当袍甲结。齐心刀砍锦征袍，举意枪刺连环甲。只杀的摇旗小校手连颠，擂鼓儿郎槌乱匝。

二将酣战，正不分胜负。孙子羽纵马舞叉，双战全忠。全忠大喝一声，刺子羽于马下。全忠复奋勇来战侯虎。侯虎父子双迎上来，战住全忠。全忠抖擞神威，好似弄风猛虎，搅海蛟龙，战住三将。正战间，全忠卖个破绽，一戟把崇侯虎护脚金甲挑下了半边。侯虎大惊，将马一夹，跳出围来，往外便走。崇应彪见父亲败走，意急心忙，慌了手脚，不提防被全忠当心一戟刺来。应彪急闪时，早中左臂，血淋袍甲，几乎落马。众将急上前架住，救得性命，望前逃走。全忠欲要追赶，又恐黑夜之间不当稳便，只得收了人马进城。

此时天色渐明，两边来报苏护。护令长子到前殿问曰：『可曾拿了那贼？』全忠答曰：『奉父亲将令，在五岗镇埋伏，至半夜败兵方至，孩儿奋勇刺死孙子羽；挑崇侯虎护腿甲；伤崇应彪左臂，几乎落马，被众将救逃。奈黑夜不敢造次追赶，故此回兵。』苏护曰：『好了这老贼！孩儿且自安息。』不题。不知崇侯虎往何路借兵，且听下回分解。

第三回　姬昌解围进妲己

诗曰：

崇君奉敕伐诸侯，智浅谋庸枉怨尤。
白昼调兵输战策，黄昏劫寨失前筹。
从来女色多亡国，自古权奸不到头。
岂是纣王求妲己，应知天意属东周。

话说崇侯虎父子带伤奔走一夜，不胜困乏，急收聚败残人马，十停止存一停，俱是带着重伤。侯虎一见众军，不胜伤感。黄元济转上前曰：『君侯何故感叹，胜负军家常事。昨夜偶未提防，误中奸计。君侯且将残兵暂行扎住，可发一道催军文书往西岐，催西伯速调兵马前来，以便截战。一则添兵相助；二则可复今日之恨耳。不知君侯意下如何？』侯虎闻言，沉吟曰：『姬伯按兵不举，坐观成败，我今又去催他，反便宜了他一个「违避圣旨」罪名。』

正迟疑间，只听前边大势人马而来。崇侯虎不知何处人马，骇得魂不附体，魄绕空中。急自上马，望前看时，只见两杆旗幡开处，见一将面如锅底，海下赤髯，两道白眉，眼如金镀，带九云烈焰飞兽冠，身穿锁子连环甲，大红袍，腰系白玉带，骑火眼金睛兽，用两柄湛金斧，此人乃崇侯虎兄弟崇黑虎也，官拜曹州侯。侯虎一见是亲弟黑虎，其心方安。黑虎曰：『闻长兄兵败，特来相助，不意此处相逢，实为万幸。』崇应彪马上亦欠背称谢：『叔父，有劳远涉。』黑虎曰：『小弟此来，与长兄合兵，复往冀州；弟自有处。』彼时大家合兵一处。崇黑虎只有三千飞虎兵在先，后随二万有余，人马复到冀州城下安营。曹州兵在先，呐喊叫战。

冀州报马飞报苏护：『今有曹州崇黑虎兵至城下，请爷军令定夺。』苏护闻报，低头默默无语；半晌言曰：『黑虎武艺精通，晓畅玄理，满城诸将皆非对手，如之奈何？』左右诸将听护之言，不知详细。只见长子全忠上前曰：『「兵来将当，水来土掩」，谅一崇黑虎有何惧哉！』护曰：『汝年少不谙事体，自负英勇；不知黑虎曾遇异人传授道术，百万军中取上将首级，如探囊中之物。不可轻觑。』全忠大叫曰：『父亲长他锐气，灭自己威风。孩儿此去，不生擒黑虎，誓不回来见父亲之面！』护曰：『汝自取败，勿生后悔。』全忠哪里肯住？翻身上马，开放城门，一骑当先，厉声高叫：『探马的！与我报进中军，叫崇黑虎与我答话！』

蓝旗忙报与二位主帅得知：『外有苏全忠讨战。』黑虎暗喜曰：『吾此来一则为长兄兵败；二则为苏护解围，以全吾友谊交情。』令左右备坐骑，即翻身来至军前。见全忠马上耀武扬威。黑虎曰：『全忠贤侄，你可回去，请你父亲出来，我自有说话。』全忠乃年幼之人，不谙事体，又听父亲说黑虎枭勇，焉肯善回，乃大言曰：『崇黑虎，我与你势成敌国，我父亲又与你论甚交情。速倒戈退军，饶你性命。不然悔之晚矣。』黑虎大怒曰：『小畜生焉敢无礼！』举湛金斧劈面砍来。全忠将手中戟急架相还。兽马相交，一场恶战。怎见得：

二将阵前寻斗赌，两下交锋谁敢阻。这个似摇头狮子下山岗，那个如摆尾狻猊寻猛虎。这一个真心要定锦乾坤，

二将大战冀州城下。

那一个实意欲把江山扑。从来恶战几千番，不似将军多英武。

二将大战冀州城下。苏全忠不知崇黑虎幼拜截教真人为师，秘授一个葫芦，背伏在脊背上，有无限神通。全忠只倚平生勇猛，又见黑虎用的是短斧，不把黑虎放在心上，眼底无人，自逞己能，欲要擒获黑虎，遂把平日所习武艺尽行使出。戟有尖有咎，九九八十一进步，七十二开门，腾、挪、闪、赚、迟、速、收、放。怎见好戟：

能工巧匠费经营，老君炉里炼成兵，造出一根银尖戟，安邦定国正乾坤。黄幡展三军害怕，豹尾动战将心惊，冲行营犹如大蟒，踏大寨虎荡羊群。休言鬼哭与神嚎，多少儿郎轻丧命。全凭此宝安天下，画戟长幡定太平。

苏全忠使尽平生精力，把崇黑虎杀了一身冷汗。黑虎叹曰：『苏护有子如此，可谓佳儿。真是将门有种。』黑虎把斧一晃，拨马便走。就把苏全忠在马上笑了一个腰软骨酥：『若听俺父亲之言，竟为所误。誓拿此人，以灭我父之口。』放马赶来，哪里肯舍？紧走紧赶，慢走慢

追。全忠定要成功，往前赶有多时。黑虎闻脑后金铃响处，回头见全忠赶来不舍，忙把脊梁上红葫芦顶揭去，念念有词。只见葫芦里边一道黑烟冒出，化开如网罗，大小黑烟中有『噫哑』之声，遮天映日飞来，乃是铁嘴神鹰，张开口，劈面啖来。全忠只知马上英雄，哪晓得黑虎异术？急展戟护其身面。坐下马早被神鹰把眼一嘴伤了，那马跳将起来，把苏全忠跌了个金冠倒躅，铠甲离鞍，撞下马来。黑虎传令：『拿了！』众军一拥向前，把苏全忠绑缚二臂。黑虎掌得胜鼓回营，辕门下马。探马报崇侯虎：『二老爷得胜，生擒反臣苏全忠，辕门听令。』侯虎传令：『请！』黑虎上帐，见侯虎，口称：『长兄，小弟擒苏全忠已至辕门。』侯虎喜不自胜，传令：『推来！』不一时，把全忠推至帐前。苏全忠立而不跪。侯虎大骂曰：『贼子，今已被擒，有何理说？尚敢倔强抗礼！前夜五岗镇那样英雄，今日恶贯满盈，推出斩首示众！』全忠厉声大骂曰：『要杀就杀，何必作此威福！我苏全忠视死轻如鸿毛，只不忍你一班奸贼，蛊惑圣聪，陷害万民，将成汤基业被你等断送了。但恨不能生啖你等之肉耳！』侯虎大怒，骂曰：『黄口孺子！今已被擒，尚敢簧舌！』速令：『推出斩之！』方欲行刑，转过崇黑虎言曰：『长兄暂息雷霆。苏全忠被擒，虽则该斩，奈他父子皆系朝廷犯官，前闻旨意拿解朝歌，以正国法。况且护有女妲己，姿貌甚美，倘天子终有怜惜之意，一朝赦其不臣之罪，那时不归罪于我等？是有功而实为无功也。且姬伯未至，我兄弟何苦任其咎。不若且将全忠囚禁后营，破了冀州，擒护满门，解入朝歌，请旨定夺，方是上策。』侯虎曰：『贤弟之言极善。只是好了这反贼耳。』传令：『设宴，与你二爷爷贺功。』按下不表。

且言冀州探马报与苏护：『长公子出阵被擒。』护曰：『不必言矣。此子不听父言，自恃己能，今日被擒，理之当然。但吾为豪杰一场，今亲子被擒，强敌压境，冀州不久为他人所有，却为何来！只因生了妲己，昏君听信谗佞，使我满门受祸，黎庶遭殃，这都是我生此不肖之女，以遭此无穷之祸耳。倘久后此城一破，使我妻女擒往朝歌，露面抛头，尸骸残暴，惹天下诸侯笑我为无谋之辈；不若先杀其妻女，然后自刎，庶几不失丈夫之所为。』苏护带十分烦恼，仗剑走进后厅，只见小姐妲己，盈盈笑脸，微吐朱唇，口称：『爹爹，为何提剑进来？』苏护一见妲己，乃亲生之女，又非仇敌，此剑焉能举的起？苏护不觉含泪点头言曰：『冤家！为你，兄被他人所擒，城被他人所困，父母被他人所杀，宗庙被他人所有，生了你一人，断送我苏氏一门！』正感叹间，只见左右击云板：『请老爷升殿。崇黑虎索战。』护传令：『各城门严加防守，准备攻打。』崇黑虎有异术，谁敢拒敌？急令众将上城，支起弓弩，架起信炮、灰瓶、滚木之类，一应完全。

黑虎在城下暗想：『苏兄，你出来与我商议，方可退兵，为何惧哉，反不出战，这是何说。』没奈何，暂且回兵。报马报与侯虎。侯虎道：『请。』黑虎上帐坐下，就言苏护闭门不出。侯虎曰：『可架云梯攻打。』黑虎曰：『不必攻打，徒费心力。今只困其粮道，使城内百姓不能得接济，则此城不攻自破矣。长兄可以逸待劳，俟西伯侯兵来，再作区处。』按下不题。

且言苏护在城内，并无一筹可展，一路可投，真为束手待毙。正忧闷间，忽听来报：『启君侯，督粮官郑伦候令。』护叹曰：『此粮虽来，实为无益。』急叫：『令来。』郑伦到滴水檐前，欠背行礼毕。伦曰：『末将路闻君侯反商，崇侯奉旨征讨，因此上末将心悬两地，星夜奔回。但不知君侯胜负如何？』苏护曰：『昨因朝商，昏君听信谗言，欲纳吾女为妃；吾以正言谏诤，致触昏君，便欲问罪。不意费、尤二人将计就计，赦吾归国，使吾自进其女。吾因一时暴躁，题诗反商。今天子命崇侯虎伐吾，连赢他二三阵，损军折将，大获全胜。不意曹州崇黑虎将吾子全忠拿去。吾想黑虎身有异术，勇贯三军，吾非敌手。今天下诸侯八百，我苏护不知往何处投托？自思至亲不过四人，长子今已被擒，不若先杀其妻女，然后自尽，庶不使天下后世取笑。汝众将可收拾行装，投往别处，任诸公自为成立耳。』苏护言罢，不胜悲泣。郑伦听言，大叫曰：『君侯今日是醉了？迷了？痴了？何故说出这等不堪言语！天下诸侯有名者：西伯姬昌，东鲁姜桓楚，南伯鄂崇禹，总八百镇诸侯，一齐都到冀州，也不在我郑伦眼角之内。何苦自视卑弱如此？末将自幼相从君侯，荷蒙提挈，玉带垂腰，末将愿效驽骀，以尽犬马！』苏护听伦之言，对众将曰：『此人催粮，路逢邪气，口里乱谈。且不谈天下八百镇诸侯，只这崇黑虎曾拜异人，所传道术，神鬼皆惊，胸藏韬略万人莫敌，你如何轻视此人？』只见郑伦听罢，按剑大叫曰：『君侯在上，末将不生擒黑虎来见，把项上首级纳于众将之前！』言罢，不由军令，翻身出府，上了火眼金睛兽，使两柄降魔杵，放炮开城，排开三千乌鸦兵，像一块乌云卷地。及至营前，厉声高叫曰：『只叫崇黑虎前来见我！』

崇营探马报入中军：『启二位老爷，冀州有一将请二爷答话。』黑虎欠身：『待小弟一往。』调本部三千飞虎

兵，一对旗幡开处，黑虎一人当先。见冀州城下有一簇人马，按北方壬癸水，如一片乌云相似。那一员将，面如紫枣，须似金针，带九云烈焰冠，大红袍，金锁甲，玉束带，骑火眼金睛兽，两根降魔杵。郑伦见崇黑虎装束稀奇：带九云四兽冠，大红袍，连环铠，玉束带，也是金睛兽，两柄湛金斧。黑虎认不得郑伦。黑虎曰：『冀州来将通名！』郑伦曰：『冀州督粮上将郑伦也，汝莫非曹州崇黑虎？擒我主将之子，自恃强暴，可速献出我主将之子，下马受缚。若道半字，立为齑粉！』崇黑虎大怒，骂曰：『好匹夫！苏护违犯天条，有碎臂粉躯之祸；你皆是反贼逆党，敢如此大胆，妄出浪言！』催开坐下兽，手中斧飞来，直取郑伦。郑伦手中杵急架相还。二兽相迎，一场大战。但见：

两阵咚咚发战鼓，五彩幡幢空中舞。三军呐喊助神威，惯战儿郎持弓弩。二将齐纵金睛兽，四臂齐举斧共杵。这一个怒发如雷烈焰生；那一个自小生来情性卤。这一个面如锅底赤须长；那一个脸似紫枣红霞吐。这一个蓬莱海岛斩蛟龙；那一个万仞山前诛猛虎。这一个昆仑山上拜明师；那一个八卦炉边参老祖。这一个学成武艺去整江山；那一个秘授道术把乾坤补。自来也见将军战，不似今番杵对斧。

二兽相交，只杀的红云惨惨，白雾霏霏。两家棋逢对手，将遇作家，来往有二十四五回合。郑伦见崇黑虎脊背上背一红葫芦，郑伦自思：『主将言此人有异人传授秘术，即此是他法术。常言道：「打人不过先下手。」』——郑伦也曾拜西昆仑度厄真人为师。真人知道郑伦『封神榜』上有名之士，特传他窍中二气，吸人魂魄，凡与将对敌，逢之即擒。故此着他下山投冀州，挣一条玉带，享人间福禄。——今日会战，郑伦把手中杵在空中一晃，后边三千乌鸦

乌鸦兵生擒活捉，绳缚二臂。

兵一声喊，行如长蛇之势，人人手拿挠钩，个个横拖铁索，飞云闪电而来。黑虎观之，如擒人之状。黑虎不知其故。只见郑伦鼻窍中一声响如钟声，窍中两道白光喷将出来，吸人魂魄。崇黑虎耳听其声，不觉眼目昏花，跌了个金冠倒躅，铠甲离鞍，一对战靴空中乱舞。乌鸦兵生擒活捉，绳缚二臂。黑虎半晌方苏，定睛看时，已被绑了。黑虎怒曰：『此贼好赚眼法！如何不明不白，将我擒获？』只见两边掌得胜鼓进城。诗曰：

海岛名师授秘奇，英雄猛烈世应稀。

神鹰十万全无用，方显男儿语不移。

且言苏护正在殿上，忽听得城外鼓响，叹曰：『郑伦休矣！』心甚迟疑。只见探马飞报进来：『启老爷：郑伦生擒崇黑虎，请令定夺。』苏护不知其故，心下暗想：『伦非黑虎之敌手，如何反为所擒？』急传令：『令来。』伦至殿前，将黑虎被擒诉说一遍。只见众士卒把黑虎簇拥至阶前。护急下殿，叱退左右，亲释其缚；跪下言曰：『护今得罪天

下，乃无地可容之犯臣。郑伦不谙事体，触犯天威，护当死罪！』崇黑虎答曰：『仁兄与弟，一拜之交，未敢忘义。今被部下所擒，愧身无地！又蒙厚礼相看，黑虎感恩非浅！』苏护尊黑虎上坐，命郑伦众将来见。黑虎曰：『郑将军道术精奇，今遇所擒，使黑虎终身悦服。』护令设宴，与黑虎二人欢饮。护把天子欲进女之事一一对黑虎诉了一遍。黑虎曰：『小弟此来，一则为兄失利，二则为仁兄解围，不期令郎年纪幼小，自恃刚强，不肯进城请仁兄答话，因此被小弟擒回在后营，此小弟实为仁兄也。』苏护谢曰：『此德此情，何敢有忘！』

不言二侯城内饮酒，单言报马进辕门来报：『启老爷：二爷被郑伦擒去，未知凶吉，请令定夺。』侯虎自思：『吾弟自有道术，为何被擒？』其时略阵官言：『二爷与郑伦正战之间，只见郑伦把降魔杵一摆，三千乌鸦兵一齐而至；只见郑伦鼻子里两道白光出来，如钟声响亮，二爷便撞下马来，故此被擒。』侯虎听说，惊曰：『世上如何有此异术？再差探马，打听虚实。』言未毕，报：『西伯侯差官辕门下马。』侯虎心中不悦，吩咐：『令来。』只见散宜生素服角带，上帐行礼毕：『卑职散宜生拜见君侯。』侯虎曰：『大夫，你主公为何偷安，竟不为国，按兵不动，违避朝廷旨意？你主公甚非为人臣之礼。今大夫此来，有何说话？』宜生答曰：『我主公言：兵者凶器也，人君不得已而用之。今因小事，劳民伤财，惊慌万户，所过州府县道，调用一应钱粮，路途跋涉，百姓有征租榷税之扰，军将有披坚执锐之苦，因此我主公先使卑职下一纸之书，以息烽烟，使苏护进女王廷，各罢兵戈，不失一殿股肱之意。如护不从，大兵一至，剿叛除奸，罪当灭族。那时苏护死而无悔。』侯虎听言，大笑曰：『姬伯自知违避朝廷之罪，特用此支吾之辞，以来自释。吾先到此，损将折兵，恶战数场；那贼焉肯见一纸之书而献女也？吾且看大夫往冀州见苏护如何。如不依允，看你主公如何回旨？你且去！』宜生出营上马，径到城下叫门：『城上的，报与你主公，说西伯侯差官下书。』城上士卒急报上殿：『启爷：西伯侯差官在城下，口称下书。』苏护与崇黑虎饮酒未散，护曰：『姬伯乃西岐之贤人，速令开城，请来相见。』不一时，宜生到殿前行礼毕。护曰：『大夫今到敝郡，有何见谕？』宜生曰：『卑职今奉西伯侯之命，前月君侯怒题反诗，得罪天子，当即敕命起兵问罪。我主公素知君侯忠义，故此按兵未敢侵犯。今有书上达君侯，望君侯详察施行。』宜生锦囊取书，献与苏护。护接书开拆。书曰：

西伯侯姬昌百拜冀州君侯苏公麾下：昌闻：『率土之滨，莫非王臣。』今天子欲选艳妃，凡公卿士庶之家，岂得隐匿。今足下有女淑德，天子欲选入宫，自是美事。足下竟与天子相抗，是足下忤君。且题诗午门，意欲何为？足下之罪，已在不赦。足下仅知小节，为爱一女，而失君臣大义。昌素闻公忠义，不忍坐视，特进一言，可转祸为福，幸垂听焉。且足下若进女王廷，实有三利：女受宫闱之宠，父享椒房之贵，官居国戚，食禄千钟，一利也；冀州永镇，满宅无惊，二利也；百姓无涂炭之苦，三军无杀戮之惨，三利也。公若执迷，三害目下至矣：冀州失守，宗社无存，一害也；骨肉有族灭之祸，二害也；军民遭兵燹之灾，三害也。大丈夫当舍小节而全大义，岂得效区区无知之辈以自取灭亡哉。昌与足下同为商臣，不得不直言上渎，幸贤侯留意也。草草奉闻，立候裁决。谨启。

苏护看毕，半晌不言，只是点头。宜生见护不言，乃曰：『君侯不必犹豫。如允，以一书而罢兵戈；如不从，卑职回覆主公，再调人马。无非上从君命，中和诸侯，下免三军之劳苦。此乃主公一段好意，君侯何故缄口无语。乞速降号令，以便施行。』苏护闻言，对崇黑虎曰：『贤弟，你来看一看，姬伯之书，实是有理，果是真心为国为民，乃仁义君子也。敢不如命！』于是命酒管待散宜生于馆舍。次日修书赠金帛，令先回西岐，『我随后便进女朝商赎罪。』宜生拜辞而去。真是一封书抵十万之师，有诗为证，诗曰：

舌辨悬河汇百川，方知君义与臣贤。
数行书转苏侯意，何用三军枕戟眠？

苏护送散宜生回西岐，与崇黑虎商议：『姬伯之言甚善，可速整行装，以便朝商，毋致迟迟，又生他议。』二人欣喜。不知其女如何，且听下回分解。

第四回　恩州驿狐狸死妲己

诗曰：

天下荒荒起战场，致生谗佞乱家邦。
忠言不听商容谏，逆语惟知费仲良。
色纳狐狸友琴瑟，政由豺虎逐鸾凰。
甘心亡国为污下，赢得人间一捏香。

话说宜生接了回书，竟往西岐。不题。

且说崇黑虎上前言曰：『仁兄大事已定，可作速收拾行装，将令爱送进朝歌，迟恐有变。小弟回去，放令郎进城。我与家兄收兵回国，具表先达朝廷，以便仁兄朝商谢罪。不得又有他议，致生祸端。』苏护曰：『蒙贤弟之爱，与西伯之德，吾何爱此一女而自取灭亡哉。即时打点无疑。贤弟放心。只是我苏护止此一子，被令兄囚禁行营，贤弟可速放进城，以慰老妻悬望。举室感德不浅！』黑虎道：『仁兄宽心，小弟出去，即时就放他来，不必挂念。』二人彼此相谢。出城，行至崇侯虎行营。两边来报：『启老爷：二老爷已至辕门。』侯虎急传令：『请！』黑虎进营，上帐坐下。侯虎曰：『西伯侯姬昌好生可恶！今按兵不举，坐观成败。昨遣散宜生来下书，说苏护进女朝商，至今未见回报。贤弟被擒之后，吾日日差人打听，心甚不安。今得贤弟回来，不胜万千之喜！不知苏护果肯朝王谢罚？贤弟

子母怎生割舍。只见左右侍儿苦劝，夫人方哭进府中，小姐也含泪上车。

自彼处来，定知苏护端的，幸道其详。』黑虎厉声大叫曰：『长兄，想我兄弟二人，自始祖一脉，相传六世，俺弟兄系同胞一本，古语有言：「一树之果，有酸有甜；一母之子，有愚有贤。」长兄，你听我说：苏护反商，你先领兵征伐，故此损折军兵。你在朝廷也是一镇大诸侯，你不与朝廷干些好事，专诱天子近于佞臣，故此天下人人怨恶你。五万之师总不如一纸之书，苏护已许进女朝王谢罪。你折兵损将，愧也不愧？辱我崇门。长兄，从今与你一别，我黑虎再不会你！两边的，把苏公子放了！』两边不敢违令，放了全忠，上帐谢黑虎曰：『叔父天恩，赦小侄再生，顶戴不尽！』崇黑虎曰：『贤侄可与令尊说，叫他速收拾朝王，毋得迟滞。我与他上表，转达天子，以便你父子进朝谢罪。』全忠拜谢出营，上马回冀州。不题。

崇黑虎怒发如雷，领了三千人马，上了金睛兽，自回曹州去了。

且言崇侯虎愧莫敢当，只得收拾人马，自回本国，具表请罪。不题。

单言苏全忠进了冀州，见了父母，彼此感慰毕。护曰：『姬伯前日来书，真是救我苏氏灭门之祸。此德此恩，何敢有忘！我儿，我想君臣之义至重，君叫臣死，不敢不死，我安敢惜一女，自取败亡哉。今只得将你妹子进往朝歌，面君赎罪。你可权镇冀州，不得生事扰民。我不日就回。』全忠拜领父言。苏护随进内，对夫人杨氏将『姬伯来书劝我朝王』一节细说一遍。夫人放声大哭。苏护再三安慰。夫人含泪言曰：『此女生来娇柔，恐不谙侍君之礼，反又惹事。』苏护曰：『这也没奈何，只得听之而已。』夫妻二人不觉感伤一夜。

次日，点三千人马，五百家将，整备毡车，令妲己梳妆起程。妲己闻令，泪下如雨，拜别母亲、长兄，婉转悲啼，百千娇媚，真如笼烟芍药，带雨梨花。子母怎生割舍。只见左右侍儿苦劝，夫人方哭进府中，小姐也含泪上车。兄全忠送至五里而回。苏护压后，保妲己前进。只见前面打两杆贵人旗幡，一路上饥餐渴饮，朝登紫陌，暮践红尘，过了些绿杨古道，红杏园林，见了些啼鸦唤春，杜鹃叫月。在路行程非止一两日，逢州过县，涉水登山。那日抵暮，已至恩州。只见恩州驿驿丞接见。护曰：『驿丞，收拾厅堂，安置贵人。』驿丞曰：『启老爷：此驿三年前出一妖精，以后凡有一应过往老爷，俱不在里面安歇。可请贵人权在行营安歇，庶保无虞。不知老爷尊意如何？』苏护大喝曰：『天子贵人，岂惧甚么邪魅。况有馆驿，安得停居行营之礼！快去打扫驿中厅堂住室，毋得迟误取罪！』驿丞忙叫众人打点厅堂内室，准备铺陈，注香洒扫，一色收拾停当，来请贵人。苏护将妲己安置在后面内堂里，有五十名侍儿在左右奉侍。将三千人马俱在驿外边围绕；五百家将在馆驿门首屯扎。苏护正在厅上坐着，点上蜡烛。苏护暗想：

『方才驿丞言此处有妖怪，此乃皇华驻节之所，人烟凑集之处，焉有此事？然亦不可不防。』将一根豹尾鞭放在案桌之旁，剔灯展玩兵书。只听得恩州城中戍鼓初敲，已是一更时分。苏护终是放心不下，乃手提铁鞭，悄步后堂，于左右室内点视一番；见诸侍儿并小姐寂然安寝，方才放心；复至厅上再看兵书，不觉又是二更。不一时，将交三鼓，可煞作怪，忽然一阵风响，透人肌肤，将灯灭而复明。怎见得：

非干虎啸，岂是龙吟。淅凛凛寒风扑面，清冷冷恶气侵人，到不能开花谢柳，多暗藏水怪山精。悲风影里露双睛，一似金灯在惨雾之中；黑气丛中探四爪，浑如钢钩出紫霞之外。尾摆头摇如狴犴，狰狞雄猛似狻猊。

苏护被这阵怪风吹得毛骨悚然。心下正疑惑之间，忽听后厅侍儿一声喊叫：『有妖精来了！』苏护听说后边有妖精，急忙提鞭在手，抢进后厅，左手执灯，右手执鞭，将转大厅背后，手中灯已被妖风扑灭。苏护急转身，再过大厅，急叫家将取进灯火来时，复进后厅，只见众侍儿慌张无措。苏护急到妲己寝榻之前，用手揭起幔帐，问曰：『我儿，方才妖气相侵，你曾见否？』妲己答曰：『孩儿梦中听得侍儿喊叫「妖精来了」，孩儿急待看时，又见灯光，不知是爹爹前来，并不曾看见甚么妖怪。』护曰：『这个感谢天地庇佑，不曾惊吓了你，这也罢了。』护复安慰女儿安息，自己巡视，不敢安寝。——不知这个回话的乃是千年狐狸，不是妲己。方才灭灯之时，再出厅前取得灯火来，这是多少时候了，妲己魂魄已被狐狸吸去，死之久矣；乃借体成形，迷惑纣王，断送他锦绣江山。此是天数，非人力所为。有诗为证：

恩州驿内怪风惊，苏护提鞭扑灭灯。
二八娇容今已丧，错看妖魅当亲生。

苏护心慌，一夜不曾着枕，『幸喜不曾惊了贵人，托赖天地祖宗庇佑；不然又是欺君之罪，如何解释。』等待天明，离了恩州驿，前往朝歌而来。晓行夜住，饥餐渴饮，在路行程，非止一日。渡了黄河，来至朝歌，安下营寨。苏护先差官进城，用『脚色』见武成王黄飞虎。飞虎见了苏护进女赎罪文书，忙差龙环出城，吩咐苏护，把人马扎在城外，令护同女进城，到金亭馆驿安置。

当时权臣费仲、尤浑见苏护又不先送礼物，叹曰：『这逆贼，你虽则献女赎罪，天子之喜怒不测，凡事俱在我二人点缀，其生死存亡，只在我等掌握之中，他全然不理我等，甚是可恶！』

不讲二人怀恨，且言纣王在龙德殿，有随侍官启驾：『费仲候旨。』天子命：『传宣。』只见费仲进朝，称呼礼毕，俯伏奏曰：『今苏护进女，已在都城候旨定夺。』纣王闻奏，大怒曰：『这匹夫，当日强辞乱政，朕欲置于法，赖卿等谏止，赦归本国；岂意此贼题诗午门，欺藐朕躬，殊属可恨。明日朝见，定正国法，以惩欺君之罪！』费仲乘机奏曰：『天子之法，原非为天子而重，乃为万姓而立。今叛臣贼子不除，是为无法。无法之朝，为天下之所弃。』王曰：『卿言极善。明日朕自有说。』费仲退散已毕。次日天子登殿，钟鼓齐鸣，文武侍立。但见：

银烛朝天紫陌长，禁城春色晓苍苍。

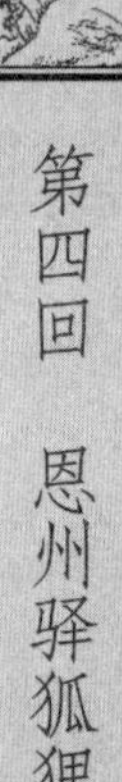

不一时，将交三鼓，可煞作怪，忽然一阵风响，透人肌肤，将灯灭而复明。

池边弱柳垂青琐，百转流莺绕建章。
剑佩凤随凤池步，衣冠身惹御炉香。
共沐恩波凤池上，朝朝染翰侍君王。

天子升殿，百官朝贺毕。王曰：『有奏章者出班，无事且散。』言未毕，午门官启驾：『冀州侯苏护候旨午门，进女请罪。』王命：『传旨宣来。』苏护身服犯官之服，不敢冠冕衣裳，来至丹墀之下俯伏，口称：『犯臣苏护，死罪！死罪！』王曰：『冀州苏护，你题反诗午门，「永不朝商」，及至崇侯虎奉敕问罪，你尚拒敌天兵，损坏命官军将，你有何说，今又朝君！』着随侍官：『拿出午门枭首，以正国法！』言未毕，只见首相商容出班谏曰：『苏护反商，理当正法；但前日西伯侯姬昌有本，令苏护进女赎罪，以完君臣大义。今苏护即尊王法，进女朝王赎罪，情有可原。且陛下因不进女而致罪，今已进女而又加罪，甚非陛下本心。乞陛下怜而赦之。』纣王犹豫未定，有费仲出班奏曰：『丞相所奏，望陛下从之。且宣苏护女妲己朝见。如果容貌出众，礼度幽

闲，可任役使，陛下便赦苏护之罪；如不称圣意，可连女斩于市曹，以正其罪。庶陛下不失信于臣民矣。』王曰：『卿言有理。』——看官：只因这费仲一语，将成汤六百年基业送与他人。这且不题。但言——纣王命随侍官：『宣妲己朝见。』妲己进午门，过九龙桥，至九间殿滴水檐前，高擎牙笏，进礼下拜，口称：『万岁！』纣王定睛观看，见妲己乌云叠鬓，杏脸桃腮，浅淡春山，娇柔柳腰，真似海棠醉日，梨花带雨，不亚九天仙女下瑶池，月里嫦娥离玉阙。妲己启朱唇似一点樱桃，舌尖上吐的是美孜孜一团和气；转秋波如双弯凤目，眼角里送的是娇滴滴万种风情。口称：『犯臣女妲己愿陛下万岁，万岁，万万岁！』只这几句，就把纣王叫的魂游天外，魄散九霄，骨软筋酥，耳热眼跳，不知如何是好。当时纣王起立御案之旁，命：『美人平身。』令左右宫妃：『挽苏娘娘进寿仙宫，候朕躬回宫。』忙叫当驾官传旨：『赦苏护满门无罪，听朕加封：官还旧职，国戚新增，每月加俸二千担，显庆殿筵宴三日，众百官首相庆贺皇亲，夸官三日。文官二员、武官三员送卿荣归故地。』苏护谢恩。两班文武见天子这等爱色，都有不悦之意，奈天子起驾还宫，无可诤谏，只得都到显庆殿陪宴。

不言苏护进女荣归。天子同妲己在寿仙宫筵宴，当夜成就凤友鸾交，恩爱如同胶漆。纣王自进妲己之后，朝朝宴乐，夜夜欢娱，朝政隳堕，章奏混淆。群臣便有谏章，纣王视同儿戏。日夜荒淫，不觉光阴瞬息，岁月如流，已是二月不曾设朝；只在寿仙宫同妲己宴乐。天下八百镇诸侯多少本到朝歌，文书房本积如山，不能面君，其命焉能得下。眼见天下大乱。不知后事如何，且听下回分解。

第五回　云中子进剑除妖

诗曰：

白云飞雨过南山，碧落萧疏春色闲。
楼阁金辉来紫雾，交梨玉液驻朱颜。
花迎白鹤歌仙曲，柳拂青鸾舞翠鬟。
此是仙凡多隔世，妖氛一派透天关。

不言纣王贪恋妲己，终日荒淫，不理朝政。话说终南山有一炼气士，名曰云中子，乃是千百年得道之仙。那日闲居无事，手携水火花篮，意欲往虎儿崖前采药。方才驾云兴雾，忽见东南上一道妖气，直冲透云霄。云中子打一看时，点首嗟叹：『此畜不过是千年狐狸，今假托人形，潜匿朝歌皇宫之内，若不早除，必为大患。我出家人慈悲为本，方便为门……』忙唤金霞童子：『你与我将老枯松枝取一段来，待我削一木剑，去除妖邪。』童儿曰：『何不用照妖宝剑，斩断妖邪，永绝祸根？』云中子笑曰：『千年老狐，岂足当吾宝剑！只此足矣。』童儿取松枝与云中子，削成木剑，吩咐童子：『好生看守洞门，我去就来。』云中子离了终南山，脚踏祥云，望朝歌而来。怎见得，有诗为证，诗曰：

不用乘骑与驾舟，五湖四海任遨游。

道人左手携定花篮，右手执着拂尘，近到滴水檐前，执拂尘打个稽首，口称：『陛下，贫道稽首了。』

大千世界须臾至，石烂松枯当一秋。

且不言云中子往朝歌来除妖邪。只见纣王日迷酒色，旬月不朝，百姓惶惶，满朝文武议论纷纷。内有上大夫梅伯与首相商容、亚相比干言曰：『天子荒淫，沉湎酒色，不理朝政，本积如山，此大乱之兆也。公等身为大臣，进退自有当尽的大义。况君有诤臣，父有诤子，士有诤友。下官与二位丞相俱有责焉。今日不免鸣钟击鼓，齐集文武，请驾临轩，各陈其事，以力诤之，庶不失君臣大义。』商容曰：『大夫之言有理。』传执殿官：『鸣钟鼓请王升殿。』纣王正在摘星楼宴乐，听见大殿上钟鼓齐鸣，左右奏：『请圣驾升殿。』纣王不得已，吩咐妲己曰：『美人暂且安顿，待朕出殿就回。』妲己俯伏送驾。纣王秉圭坐辇，临殿登座。文武百官朝贺毕。天子见二丞相抱本上殿，又见八大夫抱本上殿，与镇国武成王黄飞虎抱本上殿。纣王连日酒色昏迷，情思厌倦，又见本多，一时如何看得尽，又有退朝之意。只见二丞相进前，俯伏奏曰：『天下诸侯本章候命，陛下何事旬月不临大殿。日坐深宫，全不把朝纲整理，此必有在王左右迷惑圣聪者。乞陛下当以国事为重，无得仍前高坐深宫，废弛国事，大拂臣民之望。臣闻天位惟艰，况今天心未顺，水旱不均，降灾下民，未有不非政治得失所致。愿陛下留心邦本，痛改前辙，去谗远色，勤政恤民；则天心效顺，国富民丰，天下安康，四海受无穷之福矣。愿陛下幸留意焉。』纣王曰：『朕闻四海安康，万民乐业，止有北海逆命，已令太师闻仲剿除奸党，此不过疥癣之疾，何足挂虑？二位丞相之言甚善，朕岂不知。但朝廷百事，俱有首相与朕代劳，自是可行，何尝有壅滞之理。纵朕临轩，亦不过垂拱而已，又何必哓哓于口舌哉。』君臣正言国事，午门官启奏：『终南山有一炼气士云中子见驾，有机密重情，未敢擅自朝见，请旨定夺。』纣王自思：『众文武诸臣还抱本伺候，如何得了。不如宣道者见朕闲谈，百官自无纷纷议论，且免朕拒谏之名。』传旨：『宣！』云中子进午门，过九龙桥，走大道，宽袍大袖，手执拂尘，飘飘徐步而来。好齐整！但见：

头带青纱一字巾，脑后两带飘双叶，额前三点按三光，脑后双圈分日月。道袍翡翠按阴阳，腰下双绦王母结。脚登一对踏云鞋，夜晚闲行星斗怯。上山虎伏地埃尘，下海蛟龙行跪接。面如傅粉一般同，唇似丹朱一点血。一心分免帝王忧，好道长，两手补完天地缺。

道人左手携定花篮，右手执着拂尘，近到滴水檐前，执拂尘打个稽首，口称：『陛下，贫道稽首了。』纣王看这道人如此行礼，心中不悦，自思：『朕贵为天子，富有四海，「率土之滨，莫非王臣」，你虽是方外，却也在朕版图之内，这等可恶！本当治以慢君之罪，诸臣只说朕不能容物。朕且问他端的，看他如何应我。』纣王曰：『那道

者从何处来？』道人答曰：『贫道从云水而至。』王曰：『何为云水？』道人曰：『心似白云常自在，意如流水任东西。』纣王乃聪明智慧天子，便问曰：『云散水枯，汝归何处？』道人曰：『云散皓月当空，水枯明珠出现。』纣王闻言，转怒为喜，曰：『方才道者见朕稽首而不拜，大有慢君之心；今所答之言，甚是有理；乃通知通慧之大贤也。』命左右：『赐坐。』云中子也不谦让，旁侧坐下。云中子欠背而言曰：『原来如此。天子只知天子贵，三教元来道德尊。』帝曰：『何见其尊？』云中子曰：『听衲子道来：

但观三教，惟道至尊。上不朝于天子，下不谒于公卿。避樊笼而隐迹，脱俗网以修真。乐林泉兮绝名绝利，隐岩谷兮忘辱忘荣。顶星冠而曜日，披布衲以长春。或蓬头而跣足，或丫髻而幅巾。摘鲜花而砌笠，折野草以铺茵。吸甘泉而漱齿，嚼松柏以延龄。歌之鼓裳，舞罢眠云。遇仙客兮则求玄问道，会道友兮则诗酒谈文。笑奢华而浊富，乐自在之清贫。无一毫之挂碍，无半点之牵缠。或三三而参玄论道，或两两而究古谈今。究古谈今兮叹前朝兴废，参玄论道兮究性命之根因。任寒暑之更变，随乌兔之逡巡。苍颜返少，发白还青。携单瓢兮到市廛而乞化，聊以充饥；提锄篮兮进山林而采药，临难济人。解安人而利物，或起死以回生。修仙者骨之坚秀，达道者神之最灵。判凶吉兮明通爻象，定祸福兮密察人心。阐道法，扬太上之正教；书符箓，除人世之妖氛。谒飞神于帝阙，步罡气于雷门。扣玄关，天昏地暗；击地户，鬼泣神钦。夺天地之秀气，采日月之精华。运阴阳而炼性，养水火以胎凝。二八阴消兮若恍若惚，三九阳长兮如杳如冥。按四时而采取，炼九转而丹成。跨青鸾直冲紫府，骑白鹤游遍玉京。参乾坤之妙用，表道

德之殷勤。比儒者兮官高职显，富贵浮云；比截教兮五刑道术，正果难成。但谈三教，惟道独尊。』

纣王听言大悦：『朕聆先生此言，不觉精神爽快，如在尘世之外，真觉富贵如浮云耳。但不知先生果住何处洞府？因何事而见朕？请道其详。』云中子曰：『贫道住终南山玉柱洞，云中子是也。因贫道闲居无事，采药于高峰，忽见妖气贯于朝歌，怪气生于禁闼。道心不缺，善念常随，贫道特来朝见陛下，除此妖魅耳。』纣王笑曰：『深宫秘阙，禁闼森严，防维更密，又非尘世山林，妖魅从何而来！先生此来莫非错了！』云中子笑曰：『陛下若知道有妖魅，妖魅自不敢至矣。惟陛下不识这妖魅，他方能乘机蠱惑。久之不除，酿成大害。贫道有诗为证，诗曰：

艳丽妖娆最惑人，暗侵肌骨丧元神。

若知此是真妖魅，世上应多不死身。』

纣王曰：『宫中既有妖气，将何物以镇之？』云中子揭开花篮，取出松树削的剑来，拿在手中，对纣王曰：『陛下不知此剑之妙，听贫道道来：

松树削成名巨阙，其中妙用少人知。

虽无宝气冲牛斗，三日成灰妖气离。』

云中子道罢，将剑奉与纣王。纣王接剑曰：『此物镇于何处？』云中子曰：『挂在分宫楼，三日内自有应验。』

纣王随命传奉官：『将此剑挂在分宫楼前。』传奉官领命而去。纣王复对云中子曰：『先生有这等道术，明于阴阳，

能察妖魅，何不弃终南山而保护朕躬，官居显爵，扬名于后世，岂不美哉！何苦甘为淡薄，没世无闻。』云中子谢曰：『蒙陛下不弃幽隐，欲贫道居官，贫道乃山野慵懒之夫，不识治国安邦之法，日上三竿堪睡足，裸衣跣足满山游。』纣王曰：『便是这等，有什么好处？何如衣紫腰金，封妻荫子，有无穷享用。』云中子曰：『贫道其中也有好处：

身逍遥，心自在；不操戈，不弄怪；万事忙忙付肚外。吾不思理正事而种韭，吾不思取功名如拾芥，吾不思身服锦袍，吾不思腰悬角带，吾不思拂宰相之须，吾不思借君王之快，吾不思伏弩长驱，吾不思望尘下拜，吾不思养我者享禄千钟，吾不思簇我者有人四被。小小庐，不嫌窄；旧旧服，不嫌秽。制芰荷以为衣，结秋兰以为佩。不问天皇、地皇与人皇，不问天籁、地籁与人籁。雅怀恍如秋水同，兴来犹恐天地碍。闲来一枕山中睡，梦魂要赴蟠桃会。哪管玉兔东升、金乌西坠？』

纣王听罢，叹曰：『朕闻先生之言，真乃清静之客。』忙命随侍官：『取金银各一盘，为先生前途盘费耳。』不一时，随侍官将红漆端盘捧过金银。云中子笑曰：『陛下之恩赐，贫道无用处。贫道有诗为证。诗曰：

随缘随分出尘林，似水如云一片心。

两卷道经三尺剑，一条藜杖五弦琴。

囊中有药逢人度，腹内新诗遇客吟。

两边八大夫正要上前奏事，又被一个道人来讲甚么妖魅，便耽搁了时候。

一粒能延千载寿，慢夸人世有黄金。』

云中子道罢，离了九间大殿，打一稽首，大袖飘风，扬长竟出午门去了。两边八大夫正要上前奏事，又被一个道人来讲甚么妖魅，便耽搁了时候。纣王与云中子谈讲多时，已是厌倦，袖展龙袍，驾起还宫，令百官暂退。百官无可奈何。只得退朝。

话说纣王驾至寿仙宫前，不见妲己来接见，纣王心甚不安。只见侍御官接驾。纣王问曰：『苏美人为何不接朕？』侍驾官启陛下：『苏娘娘偶染暴疾，人事昏沉，卧榻不起。』纣王听罢，忙下龙辇，急进寝宫，揭起金龙幔帐，见妲己面似金枝，唇如白纸，昏昏惨惨，气息微茫，恹恹若绝。纣王便叫：『美人，早晨送朕出宫，美貌如花，为何一时有恙，便是这等垂危！叫朕如何是好？』——看官，这是那云中子宝剑挂在分宫楼，镇压的这狐狸如此模样。倘若是镇压的这妖怪死了，可不保得成汤天下。也是合该这纣王江山有败，周室将兴，故此纣王终被他迷惑了。表过不题。——只见妲己微睁杏眼，强启朱唇，作呻吟之

状，喘吁吁叫一声：『陛下！妾身早晨送驾临轩，午时远迎陛下，不知行至分宫楼前候驾，猛抬头见一宝剑高悬，不觉惊出一身冷汗，竟得此危症。想贱妾命薄缘悭，不能长侍陛下于左右，永效于飞之乐耳。乞陛下自爱，无以贱妾为念。』道罢，泪流满面。纣王惊得半晌无言，亦含泪对妲己曰：『朕一时不明，几为方士所误。分宫楼所挂之剑，乃终南山炼气之士云中子所进，言朕宫中有妖气，将此镇压，孰意竟于美人作祟。乃此子之妖术，欲害美人，故捏言朕宫中有妖气。朕思深宫邃密之地，尘迹不到，焉有妖怪之理。大抵方士误人，朕为所卖。』传旨急命左右：『将那方士所进木剑，用火作速焚毁，毋得迟误，几惊坏美人。』纣王再三温慰，一夜无寝。——看官：纣王不焚此宝剑，还是商家天下，只因焚了此剑，妖气绵固深宫，把纣王缠得颠倒错乱，荒了朝政，人离天怨，白白将天下失于西伯，此也是天意合该如此。不知焚剑如何，且听下回分解。

第六回　纣王无道造炮烙

诗曰：

纣王无道杀忠贤，酷惨奇冤触上天。
侠烈尽随灰烬灭，妖氛偏向禁宫旋。
朝歌艳曲飞檀板，暮宴龙涎吐碧烟。
取次催残黄耇散，孤魂无计返家园。

话说纣王见惊坏了妲己，慌忙无措，即传旨命侍御官，将此宝剑立刻焚毁。不知此剑莫非松树削成，经不得火，立时焚尽。侍御官回旨。妲己见焚了此剑，妖光复长，依旧精神。正是，有诗为证，诗曰：

火焚宝剑智何庸，妖气依然透九重。
可惜商都成画饼，五更残月晓霜浓。

妲己依旧侍君，摆宴在宫中欢饮。

且说此时云中子尚不曾回终南山，还在朝歌，忽见妖光复起，冲照宫闱，云中子点首叹曰：『我只欲以此剑镇灭妖氛，稍延成汤脉络，孰知大数已去，将我此剑焚毁。一则是成汤合灭；二则是周国当兴；三则神仙遭逢大劫；四则姜子牙合受人间富贵；五则有诸神欲讨封号。罢，罢，罢，也是贫道下山一场，留下二十四字，以验后人。』云中子

取文房四宝，留笔迹在司天台杜太师照墙上。诗曰：

妖氛秽乱宫庭，圣德播扬西土。
要知血染朝歌，戊午岁中甲子。

云中子题罢，径回终南山去了。

且言朝歌百姓见道人在照墙上吟诗，俱来看念，不解其意。人烟拥挤，聚积不散。正看之间，只见太师杜元铣回朝。只见许多人围绕府前，两边侍从人喝开。太师问：『甚么事？』管府门役禀：『老爷，有一道人在照墙上吟诗，故此众人来看。』杜太师在马上看见，是二十四字，其意颇深，一时难解；命门役将水洗了。太师进府，将二十四字细细推详，穷究幽微，终是莫解。暗想：『此必是前日进朝献剑道人，说妖气旋绕宫闱，此事到有些着落。连日我夜观乾象，见妖气日盛，旋绕禁闼，定有不祥，故留此钤记。目今天子荒淫，不理朝政；权奸蠹惑，天愁民怨，眼见兴衰。我等受先帝重恩，安忍坐视？见朝中文武个个忧思，人人危惧，不若乘此具一本章，力谏天子，尽其臣书，非是买直沽名，实为国家治乱。』杜元铣当夜修成疏章，次日至文书房，不知是何人看本。今日却是首相商容。元铣大喜，上前见礼，叫曰：『老丞相，昨夜元铣观司天台，妖氛累贯深宫，灾殃立见，天下事可知矣。主上国政不修，朝纲不理，朝欢暮乐，荒淫酒色，宗庙社稷所关，治乱所系，非同小可，岂得坐视。今特具谏章，上于天子。敢劳丞相将此本转达天庭。丞相意下如何？』商容听言，曰：『太师既有本章，老夫岂有坐视不理。只连日天子不御殿庭，难于面奏。今日老夫与太师进内庭见驾面奏，何如？』商容进九间大殿，过龙德殿、显庆殿、嘉善殿，再过分宫楼。商容见奉御官。奉御官口称：『老丞相，寿仙宫乃禁闼所在，圣躬寝室，外臣不得进此！』商容曰：『我岂不知？你与我启奏：商容候旨。』奉御官进宫启奉：『首相商容候旨。』王曰：『商容何事进内见朕？但他虽有外官，乃三世之老臣也，可以进见。』命：『宣！』商容进宫，口称『陛下』，俯伏阶前。王曰：『丞相有甚紧急奏章，特进宫中见朕？』商容启奏：『执掌司天台首官杜元铣，昨夜观乾象，见妖气照笼金阙，灾殃立见。元铣乃三世之老臣，陛下之股肱，不忍坐视。且陛下何事，日不设朝，不理国事，端坐深宫，使百官日夜忧思。今臣等不避斧钺之诛，干冒天威，非为沽直，乞垂天听。』将本献上。两边侍御官接本在案。纣王展开观看：

具疏臣执掌司天台官杜元铣奏，为保国安民，靖魅除妖，以隆宗社事：臣闻国家将兴，祯祥必现；国家将亡，妖孽必生。臣元铣夜观乾象，见怪雾不祥，妖光绕于内殿，惨气笼罩深宫。陛下前日躬临大殿，有终南山云中子见妖氛贯于宫闱，特进木剑，镇压妖魅。闻陛下火焚木剑，不听大贤之言，致使妖氛复成，日盛一日，冲霄贯斗，祸患不小。臣切思：自苏护进贵人之后，陛下朝纲无纪，御案生尘。丹墀下百草生芽，御阶前苔痕长绿。朝政紊乱，百官失望。臣等难近天颜。陛下贪恋美色，日夕欢娱。君臣不会，如云蔽日。何日得睹赓歌喜起之隆，再见太平天日也？臣不避斧钺，冒死上言，稍尽臣节。如果臣言不谬，望陛下早下御音，速赐施行。臣等不胜惶悚待命之至！谨具疏以闻。

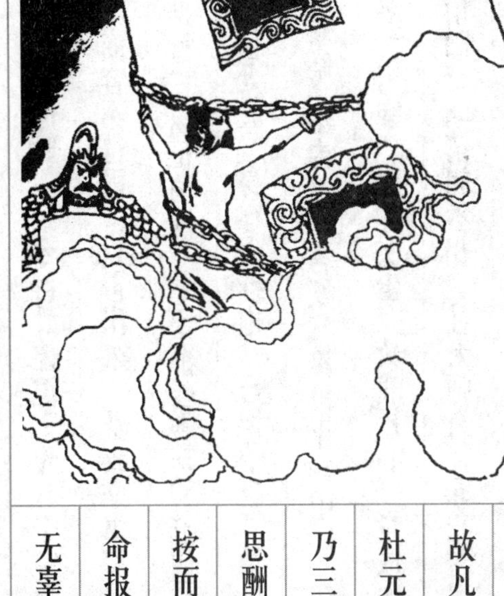

纣王大怒，将梅伯剥去衣服，赤身将铁索绑缚其手足，抱住铜柱。

纣王看毕，自思：『言之甚善。只因本中具有云中子除妖之事，前日几乎把苏美人险丧性命，托天庇佑，焚剑方安；今日又言妖氛在宫闱之地！』纣王回首问妲己曰：『杜元铣上书，又提妖魅相侵，此言果是何故？』妲己上前跪而奏曰：『前日云中子乃方外术士，假捏妖言，蔽惑圣聪，摇乱万民，此是妖言乱国；今杜元铣又假此为题，皆是朋党惑众，驾言生事。百姓至愚，一听此妖言，不慌者自慌，不乱者自乱，致使百姓惶惶，莫能自安，自然生乱。究其始，皆自此无稽之言惑之也。故凡妖言惑众者，杀无赦！』纣王曰：『美人言之极当！传朕旨意：把杜元铣枭首示众，以戒妖言！』首相商容曰：『陛下，此事不可！元铣乃三世老臣，素秉忠良，真心为国，沥血披肝，无非朝怀报主之恩，暮思酬君之德，一片苦心，不得已而言之。况且职受司天，验照吉凶，若按而不奏，恐有司参论。今以直谏，陛下反赐其死，元铣虽死不辞，以命报君，就归冥下，自分得其死所。只恐四百文武之中，各有不平元铣无辜受戮。望陛下原其忠心，怜而赦之。』王曰：『丞相不知，若不斩

元铣，诬言终无已时，致令百姓惶惶，无有宁宇矣。』商容欲待再谏，争奈纣王不从，令奉御官送商容出宫。奉御官逼令而行，商容不得已，只得出来。及到文书房，见杜太师俟候命下，不知有杀身之祸。旨意已下：『杜元铣妖言惑众，拿下枭首，以正国法。』奉御官宣读驾帖毕，不由分说，将杜元铣摘去衣服，绳缠索绑，拿出午门。方至九龙桥，只见一位大夫，身穿大红袍，乃梅伯也。伯见杜太师绑缚而来，向前问曰：『太师得何罪如此？』元铣曰：『天子失政，吾等上本内庭，言妖气累贯于宫中，灾星立变于天下。首相转达，有犯天颜。君赐臣死，不敢违旨。梅先生，「功名」二字，化作灰尘；数载丹心，竟成冰冷！』梅伯听言：『两边的，且住了。』竟至九龙桥边，适逢首相商容。梅伯曰：『请问丞相，杜太师有何罪犯君，特赐其死？』商容曰：『元铣本章实为朝廷，因妖氛绕于禁闼，怪气照于宫闱。当今听苏美人之言，坐以「妖言惑众，惊慌万民」之罪。老夫苦谏，天子不从。如之奈何！』梅伯听罢，只气得『五灵神暴躁，三昧火烧胸』：『老丞相燮理阴阳，调和鼎鼐，奸者即斩，佞者即诛，贤者即荐，能者即褒，君正而首相无言，君不正以直言谏主。今天子无辜而杀大臣，似丞相这等钳口不言，委之无奈，是重一己之功名，轻朝内之股肱，怕死贪生，爱血肉之微躯，惧君王之刑典，皆非丞相之所为也！』叫：『两边，且住了！待我与丞相面君！』梅伯携商容过大殿，径进内庭。伯乃外官，及至寿仙宫门首，便自俯伏。奉御官启奏：『商容、梅伯候旨。』王曰：『商容乃三世之老臣，进内可赦；梅伯擅进内廷，不尊国法。』传旨：『宣！』商容在前，梅伯随后，进宫俯伏。王问曰：『二卿有何奏章？』梅伯口称：『陛下！臣梅伯具疏，杜元铣何事干犯国法，致于赐死？』

纣王曰：『美人言之极当！传朕旨意：把杜元铣枭首示众，以戒妖言！』

王曰：『杜元铣与方士通谋，架捏妖言，摇惑军民，播乱朝政，污蔑朝廷。身为大臣，不思报国酬恩，而反诈言妖魅，蒙蔽欺君，律法当诛，除奸剿佞不为过耳。』梅伯听纣王之言，不觉厉声奏曰：『臣闻尧王治天下，应天而顺人；言听于文官，计从于武将，一日一朝，共谈安民治国之道；去谗远色，共乐太平。今陛下半载不朝，乐于深宫，朝朝饮宴，夜夜欢娱，不理朝政，不容谏章。臣闻「君如腹心，臣如手足」，心正则手足正，心不正则手足歪邪。古语有云：「臣正君邪，国患难治。」杜元铣乃治世之忠良。陛下若斩元铣而废先王之大臣，听艳妃之言，有伤国家之梁栋，臣愿主公赦杜元铣毫末之生，使文武仰圣君之大德。』纣王听言：『梅伯与元铣一党，违法进宫，不分内外，本当与元铣一例典型，奈前侍朕有劳，姑免其罪，削其上大夫，永不序用！』梅伯厉声大言曰：『昏君听妲己之言，失君臣之义，今斩元铣，岂是斩元铣，实斩朝歌万民！今罢梅伯之职，轻如灰尘，这何足惜！但不忍成汤数百年基业丧于昏君之手！今闻太师北征，朝纲无统，百事混淆。昏君

日听谗佞之臣，左右蔽惑，与妲己在深宫，日夜荒淫，眼见天下变乱，臣无面见先帝于黄壤也！』纣王大怒，着奉御官：『把梅伯拿下去，用金瓜击顶！』

两边才待动手，妲己曰：『妾有奏章。』王曰：『美人有何奏朕？』『妾启主公：人臣立殿，张眉竖目，詈语侮君，大逆不道，乱伦反常，非一死可赎者也。且将梅伯权禁囹圄，妾治一刑，杜狡臣之渎奏，除邪言之乱正。』纣王问曰：『此刑何样？』妲己曰：『此刑约高二丈，圆八尺，上、中、下用三火门，将铜造成，如铜柱一般；里边用炭火烧红。却将妖言惑众、利口侮君、不尊法度、无事妄生谏章、与诸般违法者，跣剥官服，将铁索缠身，裹围铜柱之上，只炮烙四肢筋骨，不须臾，烟尽骨消，尽成灰烬。此刑名曰「炮烙」。若无此酷刑，奸猾之臣，沽名之辈，尽玩法纪，皆不知戒惧。』纣王曰：『美人之法，可谓尽善尽美！』即命传旨：『将杜元铣枭首示众，以戒妖言；将梅柏禁于囹圄。』又传旨意，照样造炮烙刑具，限作速完成。首相商容观纣王将行无道，任信妲己，竟造炮烙，在寿仙宫前叹曰：『今观天下大事去矣！只是成汤懋敬厥德，一片小心，承天永命，岂知传至当今天子，一旦无道。眼见七庙不守，社稷丘墟。我何忍见！』又听妲己造炮烙之刑，商容俯伏奏曰：『臣启陛下：天下大事已定，国家万事康宁。老臣衰朽，不堪重任，恐失于颠倒，得罪于陛下，恳乞念臣侍君三世，数载揆席，实愧素餐，陛下虽不即赐罢斥，其如臣之庸老何。望陛下赦臣之残躯，放归田里，得含哺鼓腹于光天之下，皆陛下所赐之余年也。』纣王见商容辞官，不居相位，王慰劳曰：『卿虽暮年，尚自矍铄，无奈卿苦苦固辞，但卿朝纲劳苦，数载殷勤，朕甚不忍。』即命随侍官：『传朕旨意，点文官二员，四表礼，送卿荣归故里。仍著本地方官不时存问。』商容谢恩出朝。

不一时，百官俱知首相商容致政荣归，各来远送。当有黄飞虎、比干、微子、箕子、微子启、微子衍各官，俱在十里长亭饯别。商容见百官在长亭等候，只得下马。只见七位亲王，把手一举：『老丞相今日固是荣归，你为一国元老，如何下得这般毒意，就把成汤社稷抛弃一旁，扬鞭而去，于心安乎！』商容泣而言曰：『列位殿下，众位先生，商容纵粉骨碎身，难报国恩，这一死何足为惜，而偷安苟免。今天子信任妲己，无端造恶，制造炮烙酷刑，拒谏杀忠，商容力谏不听，又不能挽回圣意。不日天愁民怨，祸乱自生，商容进不足以辅君，死适足以彰过，不得已让位待罪，俟贤才俊彦，大展经纶，以救祸乱，此容本心，非敢远君而先身谋也。列位殿下所赐，商容立饮一杯。此别料还有会期。』乃持杯作诗一首，以志后会之期。诗曰：

蒙君十里送归程，把酒长亭泪已倾。
回首天颜成隔世，归来畎亩祝神京。
丹心难化龙逢血，赤日空消夏桀名。
几度话来多悒怏，何年重诉别离情？

商容作诗已毕，百官无不洒泪而别。商容上马前去，各官俱进朝歌。不表。

话言纣王在宫欢乐，朝政荒乱。不一日，监造炮烙官启奏功完。纣王大悦，问妲己曰：『铜柱造完，如何处

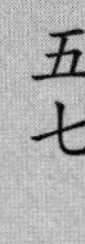

置？』妲己命取来过目。监造官将炮烙铜柱推来：黄澄澄的高二丈，圆八尺，三层火门，下有二滚盘，推动好行。纣王观之，指妲己而笑曰：『美人神传，秘授奇法，真治世之宝！待朕明日临朝，先将梅伯炮烙殿前，使百官知惧，自不敢阻挠新法，草牍烦扰。』一宿不题。

次日，纣王设朝，钟鼓齐鸣，聚两班文武朝贺已毕。武成王黄飞虎见殿东二十根大铜柱，不知此物新设何用。王曰：『传旨把梅伯拿出！』执殿官去拿梅伯。纣王命把炮烙铜柱推来，将三层火门用炭架起，又用巨扇扇那炭火，把一根铜柱火烧的通红。众官不知其故。午门官启奏：『梅伯已至午门。』王曰：『拿来！』两班文武看梅伯垢面蓬头，身穿缟素，上殿跪下，口称：『臣梅伯参见陛下。』纣王曰：『匹夫！你看看此物是甚么东西？』梅大夫观看，不知此物，对曰：『臣不知此物。』纣王笑曰：『你只知内殿侮君，仗你利口，诬言毁骂。朕躬治此新刑，名曰「炮烙」。匹夫！今日九回殿前炮烙你，教你筋骨成灰！使狂妄之徒，如侮谤人君者，以梅伯为例耳。』梅伯听言，大叫，骂曰：『昏君！梅伯死轻如鸿毛，有何惜哉？我梅伯官居上大夫，三朝旧臣，今得何罪，遭此惨刑？只是可怜成汤天下，丧于昏君之手！久以后将何面目见汝之先王耳！』纣王大怒，将梅伯剥去衣服，赤身将铁索绑缚其手足，抱住铜柱。可怜梅伯，大叫一声，其气已绝。只见九间殿上烙得皮肤筋骨臭不可闻，不一时化为灰烬。可怜一片忠心，半生赤胆，直言谏君，遭此惨祸！正是：一点丹心归大海，芳名留得万年扬。后人看此，有诗叹曰：

血肉残躯尽化灰，丹心耿耿烛三台。

生平正直无偏党，死后英魂亦壮哉。
烈焰俱随亡国尽，芳名多傍史官裁。
可怜太白悬旗日，怎似先生叹隽才？

话说纣王将梅伯炮烙在九间大殿之前，阻塞忠良谏诤之口，以为新刑稀奇；但不知两班文武观见此刑，梅伯惨死，无不恐惧，人人有退缩之心，个个有不为官之意。纣王驾回寿仙宫。不表。

且言众大臣俱至午门外，内有微子、箕子、比干对武成王黄飞虎曰：「天下荒荒，北海动摇，闻太师为国远征，不意天子任信妲己，造此炮烙之刑，残害忠良，若使播扬四方，天下诸侯闻知，如之奈何！」黄飞虎闻言，将五绺长须捻在手内，大怒曰：「三位殿下，据我末将看将起来，此炮烙不是炮烙大臣，乃烙的是纣王江山，炮的是成汤社稷。古云道得好：『君之视臣如手足，则臣视君如腹心；君之视臣如土芥，则臣视君如寇仇。』今主上不行仁政，以非刑加上大夫，不出数年，必有祸乱。我等岂忍坐视败亡之理？」众官俱各嗟叹而散，各归府宅。

且言纣王回宫，妲己迎接圣驾。纣王下辇，携妲己手而言曰：「美人妙策，朕今日殿前炮烙了梅伯，使众臣俱不敢出头强谏，钳口结舌，唯唯而退。是此炮烙乃治国之奇宝也。」传旨：「设宴与美人贺功。」其时笙簧杂奏，箫管齐鸣。纣王与妲己在寿仙宫，百般作乐，无限欢娱，不觉樵楼鼓角二更，乐声不息。有阵风将此乐音送到中宫，姜皇后尚未寝，只听乐声聒耳，向左右宫人：「这时候哪里作乐？」两边宫人答：「娘娘，这是寿仙宫苏美人与天子饮宴

未散。」姜皇后叹曰：「昨闻天子信妲己，造炮烙，残害梅伯，惨不可言。我想这贱人，蛊惑圣聪，引诱人君肆行不道。」即命乘辇：「待我往寿仙宫走一遭。」——看官，此一去，未免有娥眉见妒之意，只怕是非从此起，灾祸目前生。不知后事如何，且听下回分解。

第七回　费仲计废姜皇后

诗曰：

纣王无道乐温柔，日夜宣淫兴未休。
月色已西重进酒，清歌才罢奏箜篌。
养成暴虐三纲绝，酿就酗戕万姓愁。
讽谏难回流下性，至今余恨锁西楼。

话言姜皇后听得音乐之声，问左右，知是纣王与妲己饮宴，不觉点首叹曰：『天子荒淫，万民失业，此取乱之道。昨外臣谏诤，竟遭惨死，此事如何是好！眼见成汤天下变更，我身为皇后，岂有坐视之理！』姜皇后乘辇，两边排列宫人，红灯闪灼，簇拥而来，前至寿仙宫。侍驾官启奏：『姜娘娘已到宫门候旨。』纣王更深带酒，醉眼眸斜：『苏美人，你当去接梓童。』妲己领旨出宫迎接。苏氏见皇后行礼。皇后赐以平身。妲己引导姜皇后至殿前，行礼毕。纣王曰：『命左右设坐，请梓童坐。』姜皇后谢恩，坐于右首。——看官：那姜后乃纣王元配；妲己乃美人，坐不得，侍立一旁。纣王与正宫把盏。王曰：『梓童今到寿仙宫，乃朕喜幸。』命妲己：『美人著宫娥鲧捐轻敲檀板，美人自歌舞一回，与梓童赏玩。』其时鲧捐轻敲檀板，妲己歌舞起来。但见：

霓裳摆动，绣带飘扬，轻轻裙褪不沾尘，袅袅腰肢风折柳。歌喉嘹亮，犹如月里奏仙音；一点朱唇，却似樱桃逢

雨湿。尖纤十指，恍如春笋一般同；杏脸桃腮，好像牡丹初绽蕊。正是：琼瑶玉宇神仙降，不亚嫦娥下世间。

妲己腰肢袅娜，歌韵轻柔，好似轻云岭上摇风，嫩柳池塘拂水。只见鲧捐与两边侍儿喝采，跪下齐称『万岁！』姜皇后正眼也不看，但以眼观鼻，鼻叩于心。

忽然纣王看见姜后如此，带笑问曰：『御妻，光阴瞬息，岁月如流，景致无多，正宜当此取乐。如妲己之歌舞，乃天上奇观，人间少有的，可谓真宝。御妻何无喜悦之色，正颜不观，何也？』姜皇后就此出席，跪而奏曰：『如妲己歌舞，岂足稀奇，也不足真宝。』纣王曰：『此乐非奇宝，何以为奇宝也？』姜后曰：『妾闻人君有道，贱货而贵德，去谗而远色，此人君自省之宝也。若所谓天有宝，日月星辰；地有宝，五谷园林；国有宝，忠臣良将；家有宝，孝子贤孙。此四者，乃天地国家所有之宝也。如陛下荒淫酒色，征歌逐技，穷奢极欲，听谗信佞，残杀忠良，驱逐正士，播弃黎老，昵比匪人，惟以妇言是用，此「牝鸡司晨，惟家之索」。以此为宝，乃倾家丧国之宝也。妾愿陛下改过弗吝，聿修厥德，亲师保，远女寺，立纲持纪，毋事宴游，毋沉湎于酒，毋怠荒于色；日勤政事，弗自满假，庶几天心可回，百姓可安，天下可望太平矣。妾乃女流，不识忌讳，妄干天听，愿陛下痛改前愆，力赐施行。妾不胜幸甚！天下幸甚！』姜皇后奏罢，辞谢毕，上辇还宫。

且言纣王已是酒醉，听姜皇后一番言语，十分怒色：『这贱人不识抬举！朕着美人歌舞一回，与他取乐玩赏，反被他言三语四，许多说话。若不是正宫，用金瓜击死，方消我恨。好懊恼人也！』此时三更已尽，纣王酒已醉了，

叫：『美人，方才朕躬着恼，再舞一回，与朕解闷。』妲己跪下奏曰：『妾身从今不敢歌舞。』王曰：『为何？』妲己曰：『姜皇后深责妾身，此歌舞乃倾家丧国之物。况皇后所见甚正，妾身蒙圣恩宠眷，不敢暂离左右。倘娘娘传出宫闱，道贱妾蛊惑圣聪，引诱天子，不行仁政，使外庭诸臣持此督责，妾虽拔发，不足偿其罪矣。』言罢泪下如雨。纣王听罢，大怒曰：『美人只管侍朕，明日便废了贱人，立你为皇后。朕自做主，美人勿忧。』妲己谢恩，复传奏乐饮酒，不分昼夜。不表。

一日，朔望之辰。姜皇后在中宫，各宫嫔妃朝贺皇后。西宫黄贵妃——乃黄飞虎之妹，——馨庆宫杨贵妃俱在正宫。只见宫人来报：『寿仙宫苏妲己候旨。』皇后传：『宣！』妲己进宫，见姜皇后升宝座，黄贵妃在左，杨贵妃在右，妲己进宫朝拜已毕。姜皇后特赐美人平身。妲己侍立一旁。二贵妃问曰：『这就是苏美人？』姜后曰：『正是。』因对苏氏责曰：『天子在寿仙宫，无分昼夜，宣淫作乐，不理朝政，法纪混淆；你并无一言规谏。迷惑天子，朝歌暮舞，沉湎酒色，拒谏杀忠，坏成汤之大典，误国家之安危，是皆汝之作俑也。从今如不悛改，引君当道，仍前肆无忌惮，定以中宫之法处之！且退！』

妲己忍气吞声，拜谢出宫，满面羞愧，闷闷回宫。时有鲧捐接住妲己，口称『娘娘』。妲己进宫，坐在绣墩之上，长吁一声。鲧捐曰：『娘娘今日朝正宫而回，为何短叹长吁？』妲己切齿曰：『我乃天子之宠妃，姜后自恃元配，对黄、杨二贵妃耻辱我不堪，此恨如何不报！』鲧捐曰：『主公前日亲许娘娘为正宫，何愁不能报复？』妲己

费仲接书，急出午门，到于本宅，至密室开拆观看。

曰：『虽许，但姜后现在，如何做得！必得一奇计，害了姜后，方得妥贴；不然，百官也不服，依旧谏诤不宁，怎得安然。你有何计可行？其福亦自不浅。』稣措对曰：『我等俱系女流，况奴婢不过一侍婢耳，有甚深谋远虑。依奴婢之意，不若召一外臣，计议方妥。』妲己沉吟半晌曰：『外官如何召得进来。况且耳目甚众，又非心腹之人，如何使得！』稣措曰：『明日天子幸御园，娘娘暗传懿旨，宣召中谏大夫费仲到宫，待奴婢吩咐他，定一妙计，若害了姜皇后，许他官居显任，爵禄加增，他素有才名，自当用心，万无一失。』妲己曰：『此计虽妙，恐彼不肯，奈何？』稣措曰：『此人亦系主公宠臣，言听计从；况娘娘进宫，也是他举荐。奴婢知他必肯尽力。』妲己大喜。

那日纣王幸御花园，稣措暗传懿旨，把费仲宣至寿仙宫。费仲在宫门外，只见稣措出宫问曰：『费大夫，娘娘有密旨一封，你拿出去自拆，观其机密，不可漏泄。若成事之后，苏娘娘决不负大夫。宜速，不宜迟。』稣措道罢，进宫去了。费仲接书，急出午门，到于本宅，至密室开拆观看。『乃妲己教我设谋，害姜皇后的重情。』看罢，沉思忧惧：『我想起来，姜皇后乃主上元配；他的父亲乃东伯侯姜桓楚，镇于东鲁，雄兵百万，麾下大将千员；长子姜文焕又勇贯三军，力敌万夫，怎的惹得他！若有差讹，其害非小。若迟疑不行，他又是天子宠妃。那日他若仇恨，或枕边密语，或酒后谗言，吾死无葬身之地矣！』心下踌躇，坐卧不安，如芒刺背。沉思终日，并无一筹可展，半策可施。厅前走到厅后，神魂颠倒，如醉如痴。坐在厅上，正纳闷间，只见一人，身长丈四，膀阔三停，壮而且勇，走将过去。仲问曰：『是甚么人？』那人忙向前叩头，曰：『小的是姜环。』费仲闻说，便问：『你在我府中几年了？』姜环曰：『小的来时，离东鲁到老爷台下五年了。蒙老爷一向抬举，恩德如山，无门可报。适才不知老爷闷坐，有失回避，望老爷恕罪。』费仲一见此人，计上心来，便叫：『你且起来，我有事用你。不知你肯用心去做否？你的富贵亦自不小。』姜环曰：『若老爷吩咐，安敢不努力前去？况小的受老爷知遇之恩，便使小的赴汤蹈火，万死不辞。』费仲大喜，曰：『我终日沉思，无计可施，谁知却在你身上！若事成之后，不失金带垂腰，其福应自不浅。』姜环曰：『小的怎敢望此。求老爷吩咐，小人领命。』费仲附姜环耳上：『……这般这般，如此如此，若此计成，你我有无穷富贵。切莫漏泄，其祸非同小可！』姜环点头，领计去了。这正是：金风未动蝉先觉，暗送无常死不知。有诗为证。诗曰：

姜后忠贤报主难，孰知平地起波澜。
可怜数载鸳鸯梦，取次凋残不忍看。

话说费仲密密将计策写明，暗付鲧捐。鲧捐得书，密奏与妲己。妲己大喜，正宫不久可居。

一日，纣王在寿仙宫闲居无事，妲己启奏曰：『陛下顾恋妾身，旬月未登金殿，望陛下明日临朝，不失文武仰望。』王曰：『美人所言，真是难得！虽古之贤妃圣后，岂是过哉。明日临朝，裁决机务，庶不失贤妃美意。』——看官：此是费仲、妲己之计，岂是好意？表过不题。

次日，天子设朝，但见左右奉御保驾，出寿仙宫，銮舆过龙德殿，至分宫楼，红灯簇簇，香气氤氲。正行之间，分宫楼门角旁一人，身高丈四，头带扎巾，手执宝剑，行如虎狼，大喝一声，言曰：『昏君无道，荒淫酒色，吾奉主母之命，刺杀昏君，庶成汤天下不失与他人，可保吾主为君也！』一剑劈来。两边该多少保驾官，此人未近前时，已被众官所获，绳缠索绑，拿近前来，跪在地下。纣王惊而且怒，驾至大殿升座，文武朝贺毕，百官不知其故。王曰：『宣武成王黄飞虎、亚相比干。』二臣随出班拜伏称『臣』。纣王曰：『二卿，今日升殿，异事非常。』比干曰：『有何异事？』王曰：『分宫楼有一刺客，执剑刺朕，不知何人所使？』黄飞虎听言大惊，忙问曰：『昨日是哪一员官宿殿？』内有一人，乃是『封神榜』上有名，官拜总兵，姓鲁名雄，出班拜伏：『是臣宿殿，并无奸细。此人莫非五更随百官混入分宫楼内，故有此异变！』黄飞虎吩咐：『把刺客推来！』众官将刺客拖到滴水之前。天子传旨：『众卿，谁与朕勘问明白回旨？』班中闪一人进礼称：『臣费仲不才，勘明回旨。』——看官，费仲原非问官，此乃做成圈套，陷害姜皇后的；恐怕别人审出真情，故此费仲讨去勘问。

话说费仲拘出刺客，在午门外勘问，不用加刑，已是招成谋逆。费仲进大殿，见天子，俯伏回旨。百官不知原是设成计谋，静听回奏。王曰：『勘明何说？』费仲奏曰：『臣不敢奏闻。』王曰：『卿既勘问明白，为何不奏？』费仲曰：『赦臣罪，方可回旨。』王曰：『赦卿无罪。』费仲奏：『刺客姓姜名环，乃东伯侯姜桓楚家将，奉中宫姜皇后懿旨，行刺陛下，意在侵夺天位，与姜桓楚而为天子。幸宗社有灵，皇天后土庇佑，陛下洪福齐天，逆谋败露，随即就擒。请陛下下九卿文武，议贵议戚，定夺。』纣王听奏，拍案大怒曰：『姜后乃朕元配，辄敢无礼，谋逆不道，还有甚么议贵议戚？况宫弊难除，祸潜内禁，肘腋难以提防，速着西宫黄贵妃勘问回旨！』纣王怒发如雷，驾回寿仙宫。不表。

且言诸大臣纷纷议论，难辨假真。内有上大夫杨任对武成王曰：『姜皇后贞静淑德，慈祥仁爱，治内有法。据下官所论，其中定有委曲不明之说，宫内定有私通。列位殿下，众位大夫，不可退朝，且听西宫黄娘娘消息，方存定论。』百官俱在九间殿未散。

话言奉御官承旨至中宫，姜皇后接旨，跪听宣读。奉御官宣读曰：

『敕曰：皇后位正中宫，德配坤元，贵敌天子，不思日夜兢惕，敬修厥德，毋忝姆懿，克谐内助，乃敢肆行大逆，豢养武士姜环，于分宫楼前行刺，幸天地有灵，大奸随获，发赴午门勘问，招称：皇后与父姜桓楚同谋不道，侥幸天位。彝伦有乖，三纲尽绝。着奉御官拿送西宫，好生打着勘明，从重拟罪，毋得徇情故纵，罪有攸归。特敕。』

姜皇后听罢，放声大哭道：『冤哉！冤哉！是那一个奸贼生事，做害我这个不赦的罪名！可怜数载宫闱，克勤克俭，夙兴夜寐，何敢轻为妄作，有忝姆训。今皇上不察来历，将我拿送西宫，存亡未保！』姜后悲悲泣泣，泪下沾襟。奉御官同姜后来至西宫。黄贵妃将旨意放在上首，尊其国法。姜皇后跪而言曰：『我姜氏素秉忠良，皇天后土，可鉴我心。今不幸遭人陷害，望乞贤妃鉴我平日所为，替奴作主，雪此冤枉！』黄妃曰：『圣旨道你命姜环弑君，献国与东伯侯姜桓楚，篡成汤之天下。事千重大，逆礼乱伦，失夫妻之大义，绝元配之恩情。若论情真，当夷九族！』姜后曰：『贤妃在上，我姜氏乃姜桓楚之女，父镇东鲁，乃二百镇诸侯之首，官居极品，位压三公，身为国戚，女为中宫，又在四大诸侯之上。况我生子殷郊，已正东宫，圣上万岁后，我子承嗣大位；身为太后，未闻父为天子，而能令女配享太庙者也。我虽系女流，未必痴愚至此。且天下诸侯，又不止我父亲一人，若天下齐兴问罪之师，如何保得永久！望贤妃详察，雪此奇冤，并无此事。恳乞回旨，转达愚衷，此恩非浅！』话言未了，圣旨来催。黄妃乘辇至寿仙宫候旨。纣王宣黄妃进宫，朝贺毕。纣王曰：『那贱人招了不曾？』黄妃奏曰：『奉旨严问姜后，并无半点之私，实有贞静贤能之德。后乃元配，侍君多年，蒙陛下恩宠，生殿下已正位东宫，陛下万岁后，彼身为太后，有何不足，尚敢欺心，造此灭族之祸！况姜桓楚官居东伯，位至皇亲，诸侯朝称千岁，乃人臣之极品，乃敢使人行刺，必无是理。姜后痛伤于骨髓之中，衔冤于覆盆之上。即姜后至愚，未有父为天子而女能为太后，甥能承祧者也。至若弃贵而投贱，远上而近下，愚者不为；况姜后正位数年，素明礼教者哉！妾愿陛下察冤雪枉，无令元配受诬，有乖圣德，

两边该多少保驾官，此人未近前时，已被众官所获，绳缠索绑，拿近前来，跪在地下。

再乞看太子生母，怜而赦之。妾身幸甚！姜后举室幸甚！』纣王听罢，自思曰：『黄妃之言甚是明白，果无此事，必有委曲。』正在迟疑未决之际，只见妲己在旁微微冷笑。纣王见妲己微笑，问曰：『美人微笑不言，何也？』妲己对曰：『黄娘娘被姜后惑了。从来做事的人，好的自己播扬，恶的推于别人。况谋逆不道，重大事情，他如何轻意便认。且姜环是他父亲所用之人，既供有主使，如何赖得过。且三宫后妃，何不攀扯别人，单指姜后，其中岂得无说。恐不加重刑，如何肯认！望陛下详察。』纣王曰：『美人言之有理。』黄妃在旁言曰：『苏妲己毋得如此！皇后乃天子之元配，天下之国母，贵敌至尊，虽自三皇治世，五帝为君，纵有大过，止有贬谪，并无诛斩正宫之法。』妲己曰：『法者乃为天下而立，天子代天宣化，亦不得以自私自便，况犯法无尊亲贵贱，其罪一也。陛下可传旨：如姜后不招，剜去他一目。眼乃心之苗。他惧剜目之苦，自然招认。使文武知之，此亦法之常，无甚苛求也。』纣王曰：『妲己之言也是。』

黄贵妃听说欲剜姜后目，心甚着忙，只得上辇回西宫；下辇见姜后，垂泪顿足曰：『我的皇娘，妲己是你百世冤家！君前献妒忌之言，如你不认，即剜你一目。可依我，就认了罢！历代君王，并无将正宫加害之理，莫非贬至不游宫便了。』姜后泣而言曰：『贤妹言虽为我，但我生平颇知礼教，怎肯认此大逆之事，贻羞于父母，得罪于宗社。况妻刺其夫，有伤风化，败坏纲常，令我父亲作不忠不义之奸臣，我为辱门败户之贱辈，恶名千载，使后人言之切齿，又致太子不得安于储位，所关甚巨，岂可草率冒认。莫说剜我一目，便投之于鼎镬，万剐千锤，这是生前作孽今生报，岂可有乖大义。古云：「粉骨碎身俱不惧，只留清白在人间」……』言未了，圣旨下：『如姜后不认，即去一目！』黄妃曰：『快认了罢！』姜后大哭曰：『纵死，岂有冒认之理！』奉御官百般逼迫，容留不得，将姜皇后剜去一目，血染衣襟，昏绝于地。黄妃忙教左右宫人扶救，急切未醒。可怜！有诗为证，诗曰：

剜目飞灾祸不禁，只因规谏语相侵。
早知国破终无救，空向西宫血染襟。

黄贵妃见姜后遭此惨刑，泪流不止。奉御官将剜下来血滴滴一目盛贮盘内，同黄妃上辇来回纣王。黄妃下辇进宫。纣王忙问曰：『那贱人可曾招成？』黄妃奏曰：『姜后并无此情，严究不过，受剜目屈刑，怎肯失了大节？奉旨已取一目。』黄妃将姜后一目血淋淋的捧将上来。纣王观之，见姜后之睛，其心不忍；恩爱多年，自愧不及，低头不语，甚觉伤情。回首责妲己曰：『方才轻信你一言，将姜后剜去一目，又不曾招成，咎将领谁委？这事俱系你轻率妄

动。倘百官不服，奈何，奈何！』妲己曰：『姜后不招，百官自然有说，如何干休。况东伯侯坐镇一国，亦要为女洗冤。此事必欲姜后招成，方免百官万姓之口。』纣王沉吟不语，心下煎熬，似羝羊触藩，进退两难，良久，问妲己曰：『为今之计，何法处之方妥？』妲己曰：『事已到此，一不做，二不休，招成则安静无说，不招则议论风生，竟无宁宇。为今之计，只有严刑酷拷，不怕他不认。今传旨：令贵妃用铜斗一只，内放炭火烧红，如不肯招，炮烙姜后二手。十指连心，痛不可当，不愁他不承认！』纣王曰：『据贵妃所言，姜后全无此事；今又用此惨刑，屈勘中宫，恐百官他议。剜目已错，岂可再乎？』妲己曰：『陛下差矣！事到如此，势成骑虎，宁可屈勘姜后，陛下不可得罪于天下诸侯、合朝文武。』纣王出乎无奈，只得传旨：『如再不认，用炮烙二手，毋得徇情掩讳！』

黄妃听得此言，魂不附体，上辇回宫，来看姜后——可怜身倒尘埃，血染衣襟，情景惨不忍见。放声大哭曰：『我的贤德娘娘！你前身作何恶孽，得罪于天地，遭此横刑！』乃扶姜后而慰曰：『贤后娘娘，你认了罢！昏君意呆心毒，听信贱人之言，必欲致你死地。如你再不招，用铜斗炮烙你二手。如此惨恶，我何忍见。』姜后血泪染面，大哭曰：『我生前罪深孽重，一死何辞！只是你替我作个证盟，就死瞑目！』言未了，只见奉御官将铜斗烧红，传旨曰：『如姜后不认，即烙其二手！』姜后心如铁石，意似坚钢，岂肯认此诬陷屈情。奉御官不由分说，将铜斗放在姜后两手，只烙的筋断皮焦，骨枯烟臭。十指连心，可怜昏死在地。后人观此，不胜伤感，有诗叹曰：

铜斗烧红烈焰生，宫人此际下无情。

可怜一片忠贞意，化作空流日夜呜！

黄妃看见这等光景，兔死狐悲，心如刀绞，意似油煎，痛哭一场，上辇回旨，进宫见纣王。黄妃含泪奏曰：『惨刑酷法，严审数番，并无行刺真情。只怕奸臣内外相通，做害中宫，事机有变，其祸不小。』纣王听言，大惊曰：『此事皆美人教朕传旨勘问，事既如此，奈何奈何！』妲己跪而奏曰：『陛下不必忧虑。刺客姜环现在，传旨着威武大将军晁田、晁雷，押解姜环进西宫，二人对面执问，难道姜后还有推托？此回必定招认。』纣王曰：『此事甚善。』传旨：『宣押刺客对审。』黄妃回宫。不题。话言晁田、晁雷押刺客姜环进西宫对词。不知性命如何，且听下回分解。

第八回　方弼方相反朝歌

诗曰：

美人祸国万民灾，驱逐忠良若草菜。
擅宠诛妻夫道绝，听谗杀子国储灰。
英雄弃主多亡去，俊彦怀才尽隐埋。
可笑纣王孤注立，纷纷兵甲起尘埃。

话言晁田、晁雷押姜环至西宫跪下。黄妃曰：『姜娘娘，你的对头来了。』姜后屈刑凌陷，一目睁开，骂曰：『你这贼子！是何人买嘱你陷害我，你敢诬执我主谋弑君！皇天后土，也不祐你！』姜环曰：『娘娘役使小人，小人怎敢违旨。娘娘不必推辞，此情是实。』黄妃大怒：『姜环，你这匹夫！你见姜娘娘这等身受惨刑，无辜绝命，皇天后土，亦必杀汝！』

不言黄妃勘问，且说东宫太子殷郊、二殿下殷洪弟兄正在东宫无事弈棋，只见执掌东宫太监杨容来启：『千岁，祸事不小！』太子殷郊此时年方十四岁，二殿下殷洪年方十二岁，年纪幼小，尚贪嬉戏，竟不在意。杨容复禀曰：『千岁不要弈棋了，今祸起宫闱，家亡国破！』殿下忙问曰：『有何大事，祸及宫闱？』杨容含泪曰：『启千岁：皇后娘娘不知何人陷害，天子怒发西宫，剜去一目，炮烙二手，如今与刺客对词，请千岁速救娘娘！』殷郊一声大

众人看时，却是镇殿大将军方弼、方相兄弟二人。

叫，同弟出东宫，竟进西宫。进得宫来，忙来殿前。太子一见母亲浑身血染，两手枯焦，臭不可闻，不觉心酸肉颤，近前俯伏姜皇后身上，跪而哭曰：『娘娘为何事受此惨刑！母亲，你纵有大恶，正位中宫，何轻易加刑。』姜后闻子之声，睁开一目，母见其子，大叫一声：『我儿！你看我剜目烙手，刑甚杀戮。这个姜环做害我谋逆；妲己进献谗言残我手目；你当为母明冤洗恨，也是我养你一场！』言罢大叫一声『苦死我也！』呜咽而绝。

太子殷郊见母气死，又见姜环跪在一旁，殿下问黄妃曰：『谁是姜环？』黄妃指姜环曰：『跪的这个恶人就是你母亲对头。』殿下大怒，只见西宫门上挂一口宝剑，殿下取剑在手。『好逆贼！你欺心行刺，敢陷害国母！』把姜环一剑砍为两段，血溅满地。太子大叫曰：『我先杀妲己以报母仇！』提剑出宫，掉步如飞。晁田、晁雷见殿下执剑前来，只说杀他，不知其故，转身就跑往寿仙宫去了。黄妃见殿下杀了姜环，持剑出宫，大惊曰：『这冤家不谙事体。』叫殷洪：『快赶回你哥哥

来！说我有话说！』殷洪从命，出宫赶叫曰：『皇兄！黄娘娘叫你且回去，有话对你说！』殷郊听言，回来进宫。黄妃曰：『殿下，你忒暴躁，如今杀了姜环，人死无对，你待我也将铜斗烙他的手，或用严刑拷讯，他自招成，也晓得谁是主谋，我好回旨。你又提剑出宫赶杀妲己，只怕晁田、晁雷到寿仙宫见那昏君，其祸不小！』黄妃言罢，殷郊与殷洪追悔不及。

晁田、晁雷跑至宫门，慌忙传进宫中，言：『二殿下持剑赶来！』纣王闻奏大怒：『好逆子！姜后谋逆行刺，尚未正法，这逆子敢持剑进宫弑父，总是逆种，不可留。着晁田、晁雷取龙凤剑，将二逆子首级取来，以正国法！』晁田、晁雷领剑出宫，已到西宫。时有西宫奉御官来报黄妃曰：『天子命晁田、晁雷捧剑来诛殿下。』黄妃急至宫门，只见晁田兄弟二人，捧天子龙凤剑而来。黄妃问曰：『你二人何故又至我西宫？』晁田二人便对黄贵妃曰：『臣晁田、晁雷奉皇上命，欲取二位殿下首级，以正弑父之罪。』黄妃大喝一声：『这匹夫！适才太子赶你同出西宫，你为何不往东宫去寻，却怎么往我西宫来寻？我晓得你这匹夫倚天子旨意，遍游内院，玩弄宫妃。你这欺君罔上的匹夫，若不是天子剑旨，立斩你这匹夫驴头，还不速退！』晁田兄弟二人只吓得魂丧魄消，喏喏而退，不敢仰视，竟往东宫而来。

黄妃忙进宫中，急唤殷郊兄弟二人。黄妃泣曰：『昏君杀子诛妻，我这西宫救不得你，你可往馨庆宫杨贵妃那里，可避一二日。若有大臣谏救，方保无事。』二位殿下双双跪下，口称：『贵妃娘娘，此恩何日得报。只是母死，

尸骸暴露，望娘娘开天地之心，念母死冤枉，替他讨得片板遮身，此恩天高地厚，莫敢有忘！』黄妃曰：『你作速去，此事俱在我，我回旨自有区处。』

二殿下出宫门，径往馨庆宫来，只见杨妃身倚宫门，望姜皇后信息。二殿下向前哭拜在地，杨贵妃大惊，问曰：『二位殿下，娘娘的事怎样了？』殷郊哭诉曰：『父王听信妲己之言，不知何人买嘱姜环架捏诬害，将母亲剜去一目，炮烙二手，死于非命。今天听妲己谗言，欲杀我兄弟二人。望姨母救我二人性命！』杨妃听罢，泪流满面，呜咽言曰：『殿下，你快进宫来！』二位殿下进宫。杨妃沉思：『晁田、晁雷至东宫，不见太子，必往此处追寻。待我把二人打发回去，再作区处。』杨妃站立宫门，只见晁田兄弟二人行如狼虎，飞奔前来。杨妃命：『传宫官，与我拿了来人！此乃深宫内阙，外官焉敢在此，法当夷族！』晁田听罢，向前口称：『娘娘千岁！臣乃晁田、晁雷，奉天子旨，找寻二位殿下。上有龙凤剑在，臣不敢行礼。』杨妃大喝曰：『殿下在东宫，你怎往馨庆宫来？若非天子之命，拿问贼臣才好。还不快退去！』晁田不敢回言，只得退走。兄弟计较：『这件事怎了？』晁雷曰：『三宫全无，宫内生疏，不知内庭路径，且回寿仙宫见天子回旨。』二人回去。不表。

且言杨妃进宫，二位殿下来见。杨妃曰：『此间不是你弟兄所居之地，眼目且多，君昏臣暗，杀子诛妻，大变纲常，人伦尽灭。二位殿下可往九间殿去，合朝文武未散；你去见皇伯微子、箕子，比干、微子启、微子衍、武成王黄飞虎，就是你父亲要为难你兄弟，也有大臣保你。』二位殿下听罢，叩头拜谢姨母指点活命之恩，洒泪而别。杨妃送

二位殿下出宫。杨妃坐于绣墩之上，自思叹曰：『姜后元配，被奸臣做陷，遭此横刑，何况偏宫！今妲己恃宠，蛊惑昏君，倘有人传说二位殿下自我宫中放去，那时归罪于我，也是如此行径，我怎经得这般惨刑。况我侍奉昏君多年，并无一男半女；东宫太子乃自己亲生之子，父子天性，也不过如此，三纲已绝，不久必有祸乱。我以后必不能有甚好结果。』杨妃思想半日，凄惶自伤，掩了深宫，自缢而死。有宫官报入寿仙宫中。纣王闻杨妃自缢，不知何故，传旨：『用棺椁停于白虎殿。』

且说晁田、晁雷来至寿仙宫，只见黄贵妃乘辇回旨。纣王曰：『姜后死了？』黄妃奏曰：『姜后临绝，大叫数声道：「妾侍圣躬十有六载，生二子，位立东宫，自待罪宫闱，谨慎小心，夙夜匪懈，御下并无嫉妒。不知何人妒我，买刺客姜环，坐我一个大逆不道罪名，受此惨刑，十指枯焦，筋酥骨碎，生子一似浮云，恩爱付于流水，身死不如禽兽，这场冤枉无门可雪，只传与天下后世，自有公论。」万望妾身转达天听。姜后言罢气绝，尸卧西宫。望陛下念元配生太子之情，可赐棺椁，收停白虎殿，庶成其礼，使文武百官无议，亦不失主上之德。』纣王传旨：『准行。』黄妃回宫。只见晁田回旨，纣王问：『太子何在？』晁田等奏曰：『东宫寻觅，不知殿下下落。』王曰：『莫非只在西宫？』晁田对曰：『不在西宫，连馨庆宫也不在。』纣王言曰：『三宫不在，想在大殿。必须擒获，以正国法。』晁田领旨出宫来。不表。

且言二殿下往长朝殿来，两班文武俱不曾散朝，只等宫内信息。武成王黄飞虎听得脚步怆惶之声，望孔雀屏里一看，见二位殿下慌忙错乱，战战兢兢，黄飞虎迎上前曰：『殿下为何这等慌张？』殷郊看见武成王黄飞虎，大叫：『黄将军救我兄弟性命！』道罢大哭，一把拉住黄飞虎袍服，顿足曰：『父王听信妲己之言，不分皂白，将我母亲剜去一目，铜斗烧红，烙去二手，死于西宫。黄贵妃勘问，并无半点真情。我看见生身母亲受此惨酷之刑，那姜环跪在前面对词，那时心甚焦躁，不曾思忖，将姜环杀了；我复仗剑，欲杀妲己；不意晁田奏准父王，父王赐我兄弟二人死。望列位皇伯怜我母亲受屈身亡，救我殷郊，庶不失成汤之一脉！』言罢，二位殿下放声痛哭。两班文武含泪上前曰：『国母受诬，我等如何坐视。可鸣钟击鼓，请天子上殿，声明其事；庶几罪人可得，洗雪皇后冤枉。』言未了，只听得殿西首一声喊叫，似空中霹雳，大呼曰：『天子失政，杀子诛妻，建造炮烙，阻塞忠良，恣行无道，大丈夫既不能为皇后洗冤，太子复仇，含泪悲啼，效儿女子之态！古云：「良禽择木而栖，贤臣择主而仕。」今天子不道，三纲已绝，大义有乖，恐不能为天下之主，我等亦耻为之臣。我等不若反出朝歌，另择新君，去此无道之主，保全社稷！』众人看时，却是镇殿大将军方弼、方相兄弟二人。黄飞虎听说，大喝一声：『你多大官，敢如此乱言！满朝该多少大臣，岂到得你讲！本当拿了你这等乱臣贼子，还不退去！』方弼兄弟二人低头喏喏，不敢回言。黄飞虎见国政颠倒，叠现不祥，也知天意人心，俱在离乱之兆，心中沉郁不乐，咄咄无言；又见微子、比干、箕子诸位殿下，满朝文武，人人切齿，个个长吁，正无甚计策；只见一员官，身穿大红袍，腰悬宝带，上前对诸位殿下言曰：『今日之变，正应终南山云中子之言，古云「君不正，则臣生奸佞」。今天子屈斩太师杜元铣，治炮烙坏谏官

梅伯，今日又有这异事。皇上青白不分，杀子诛妻，我想起来，那定计奸臣，行事贼子，他反在旁暗笑。可怜成汤社稷，一旦丘墟，似我等不久终被他人所掳。』言者乃上大夫杨任。黄飞虎长叹数声：『大夫之言是也！』百官默默。二位殿下悲哭不止。

只见方弼、方相分开众人，方弼夹住殷郊，方相夹住殷洪，厉声高叫曰：『纣王无道，杀子而绝宗庙，诛妻有坏纲常，今日保二位殿下往东鲁借兵，除了昏君，再立成汤之嗣。我等反了！』二人背负殿下，径出朝歌南门去了。——大抵二人气力甚大，彼时不知跌倒几多官员，哪里当得住他！后人有诗为证，诗曰：

方家兄弟反朝歌，殿下今番脱网罗。
漫道美人能破舌，天心已去奈伊何？

话说众多文武见反了方弼、方相，大惊失色。独黄飞虎若为不知。亚相比干近前曰：『黄大人，方弼反了，大人为何独无一言？』黄飞虎答曰：『可惜文武之中，并无一位似方弼二人的。方弼乃一夯汉，尚知不忍国母负屈，太子枉死，自知卑小，不敢谏言，故此背负二位殿子去了。若圣旨追赶回来，殿下一死无疑，忠良尽皆屠戮。此事明知有死无生，只是迫于一腔忠义，故造此罪孽，然情甚可矜。』百官未及答，只听后殿奔逐之声。众官正看，只见晁田兄弟二人捧宝剑到殿前，言曰：『列位大人，二位殿下可曾往九间殿来？』黄飞虎曰：『二位殿下方才上殿哭诉冤枉，国母屈勘遭诛，又欲赐死太子，有镇殿大将军方弼、方相听见，不忿沉冤，把二位殿下背负，反出都城，去尚不远。

你既奉天子旨意，速去拿回，以正国法。』晁田、晁雷听得是方弼兄弟反了，吓的魂不附体。话说那方弼身长三丈六尺，方相身长三丈四尺，晁田兄弟怎敢惹他？一拳也经不起。晁田自思：『此是黄飞虎明明奈何我。我有道理。』晁田曰：『方弼既反，保二位殿下出都城去了，末将进宫回旨。』

晁田回至寿仙宫见纣王，奏曰：『臣奉旨到九间殿，见文武未散，找寻二位殿下不见。只听百官道：二位殿下见文武哭诉冤情，有镇殿将军方弼、方相保二位殿下反出都城，投东鲁借兵去了。请旨定夺。』纣王大怒曰：『方弼反了，你速赶去拿来，毋得疏虞纵法！』晁田奏曰：『方弼力大勇猛，臣焉能拿得来。要拿方弼兄弟，陛下速发手诏，着武成王黄飞虎方可成功，殿下亦不致漏网。』纣王曰：『速行手敕，着黄飞虎速去拿来！』——晁田将这个担儿卸与黄飞虎。晁田奉手敕至大殿，命武成王黄飞虎速擒反叛方弼、方相，并取二位殿下首级回旨。黄飞虎笑曰：『我晓得，这是晁田与我担儿挑。』即领剑敕出午门。只见黄明、周纪、龙环、吴炎曰：『小弟相随。』黄飞虎曰：『不必你们去。』自上五色神牛，催开坐下兽——两头见日，走八百里。

且言方弼、方相背负二位殿下，一口气跑了三十里，放下来。殿下曰：『二位将军，此恩何日报得。』方弼曰：『臣不忍千岁遭此屈陷，故此心下不平，一时反了朝歌。如今计议，前往何方投脱。』正商议间，只见武成王黄飞虎坐五色神牛飞奔赶来。方弼、方相着慌，忙对二位殿下曰：『末将二人，一时卤莽，不自三思，如今性命休矣，如何是好！』殿下曰：『将军救我兄弟性命，无恩可酬，何出此言。』方弼曰：『黄将军来拿我等，此去一定伏诛。』

殷郊急看，黄飞虎已赶到面前。二位殿下轵道跪下曰：『黄将军此来，莫非捉获我等？』黄飞虎见二殿下跪于道旁，滚下神牛，亦跪于地上，口称：『臣该万死！殿下请起。』殷郊曰：『将军此来有甚事？』飞虎曰：『奉命差遣，天子赐龙凤剑前来，请二位殿下自决，臣方敢回旨意。非臣敢逼弑储君。请殿下速行。』殷郊听罢，兄弟跪告曰：『将军尽知我母子衔冤负屈。母遭惨刑，沉魂莫白；再杀幼子，一门尽绝。乞将军可怜衔冤孤儿，开天地仁慈之心，赐一线再生之路。倘得寸土可安，生则衔环，死当结草，没世不敢忘将军之大德！』黄飞虎跪而言曰：『臣岂不知殿下冤枉，君命概不由己。臣欲要放殿下，便是欺君卖国之罪；欲要不放殿下，其实身负沉冤，臣心何忍。』彼此筹画，再三沉思，俱无计策。只见殷郊自思，料不能脱此灾：『也罢，将军既奉君命，不敢违法，还有一言，望将军不知可施此德，周旋一脉生路？』黄飞虎曰：『殿下有何事？但说不妨。』郊曰：『将军可将我殷郊之首级回都城回旨。可怜我幼弟殷洪，放他逃往别国。倘他日长成，或得借兵报怨，得泄我母之沉冤。我殷郊虽死之日，犹生之年。望将军可怜！』殷洪上前急止之曰：『黄将军，此事不可。皇兄乃东宫太子；我不过一郡王。况我又年幼，无有大施展，黄将军可将我殷洪首级回旨。皇兄或往东鲁，或去西岐，借一旅之师。倘可报母弟之仇，弟何惜此一死！』殷郊上前一把抱住兄弟殷洪，放声大哭曰：『我何忍幼弟遭此惨刑！』二人痛哭，彼此不忍，你推我让，哪里肯舍？方弼、方相看见如此苦情疼切，二人一声叫：『苦杀人也！』泪如瓢倾。黄飞虎看见方弼有这等忠心，自是不忍见，甚是凄惶，乃含泪教『方弼不可啼哭，二位殿下不必伤心。此事惟有我五人共知。如有漏泄，我举族不保。方弼过来，保殿下往

众官正看，只见晁田兄弟二人捧宝剑到殿前，言曰：『列位大人，二位殿下可曾往九间殿来？』

东鲁见姜桓楚；方相，你去见南伯侯鄂崇禹，就言我在中途放殿下往东鲁，传与他，教他两路调兵，靖奸洗冤。我黄飞虎那时自有处治。』方弼曰：『我兄弟二人今日早朝，不知有此异事，临朝保驾，不曾带有路费；如今欲分头往东南二路去，这事怎了？』飞虎曰：『此事你我俱不曾打点。』飞虎沉思半晌曰：『可将我内悬宝玦拿去前途货卖，权作路费。上有金厢，价直百金。二位殿下，前途保重。方弼、方相，你兄弟宜当用心，其功不小。臣回宫复命。』飞虎上骑回朝歌。进城时日色已暮，百官尚在午门，黄飞虎下骑。比干曰：『黄将军，怎样了？』黄飞虎曰：『追赶不上，只得回旨。』百官大喜。且言黄飞虎进宫候旨。纣王问曰：『逆子叛臣，可曾拿了？』黄飞虎曰：『臣奉手敕，追赶七十里，到三叉路口，问来往行人，俱言不曾见。臣恐有误回旨，只得回来。』纣王曰：『追袭不上，好了逆子叛臣！卿且暂退，明日再议。』黄飞虎谢恩出午门，与百官各归府第。

且说妲己见未曾拿住殷郊，复进言曰：『陛下，今日走脱了殷郊、

殷洪，倘投了姜桓楚，只恐大兵不久即至，其祸不小。况闻太师远征，不在都城，不若速命殷破败、雷开，点三千飞骑，星夜拿来，斩草除根，恐生后患。』纣王听说：『美人此言，正合朕意。』忙传手诏：『命殷破败、雷开点飞骑三千，速拿殿下，毋得迟误取罪』殷、雷二将领诏，要往黄飞虎府内，来领兵符，调选兵马。黄飞虎坐在后厅，思想：『朝廷不正，将来民愁天怨，万姓惶惶，四海分崩，八方播乱，生民涂炭，日无宁宇，如何是好！』正思想间，军政司启：『老爷，殷、雷二将听令。』飞虎曰：『令来。』二位进后厅，行礼毕。飞虎问曰：『方才散朝，又有何事？』二将启曰：『天子手诏，令末将领三千飞骑，星夜追赶殿下，捉方弼等以正国法；特来请发兵符。』飞虎暗想：『此二将赶去，必定拿来；我把前面方便付与流水。』乃吩咐殷破败、雷开曰：『今日晚了，人马未齐；明日五更，领兵符速去。』殷、雷二将不敢违令，只得退去。这黄飞虎乃是元戎，殷、雷二将乃是麾下，焉敢强辩，只得回去。不表。

且言黄飞虎对周纪曰：『殷破败来领兵符，调三千飞骑，追赶殿下。你明日五更，把左哨疾病、衰老、懦弱不堪的点三千与他去。』周纪领命。次早五更，殷、雷二将等发兵符。周纪下教场，令左哨点三千飞骑，发与殷、雷二将领去。二将观之，皆老弱不堪，疾病之卒，又不敢违令，只得领人马出南门而去。一声炮响，催动三军，那老弱疾病之兵，如何行得快，急得二将没奈何，只得随军征进。有诗为证，诗曰：

三千飞骑出朝歌，呐喊摇旗擂鼓锣。

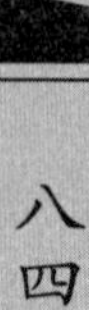

队伍不齐叫『难走』，行人拍手笑呵呵。

不言殷破败、雷开追赶殿下。且言方弼、方相保二位殿下行了一二日，方弼与弟言曰：『我和你保二位殿下反出朝歌，囊箧空虚，路费毫无，如何是好！虽然黄老爷赐有玉玦，你我如何好用，倘有人盘诘，反为不便。来此正是东南二地，你我指引二位殿下前往；我兄弟再投他处，方可两全。』方相曰：『此言极是。』方弼请二位殿下，说曰：『臣有一言，启二位千岁：臣等乃一勇之夫，秉性愚卤；昨见殿下负此冤苦，一时性起，反了朝歌，并不曾想到路途窎远，盘费全无。今欲将黄将军所留玉玦货卖使用，又恐盘诘出来，反为不便。况逃灾避祸，须要隐躲些方是。适才臣想一法，必须分路各自潜行，方保万全。望二位千岁详察。非臣不能终始。』殷郊曰：『将军之言极当。但我兄弟幼小，不知去路，奈何！』方弼曰：『这一条路往东鲁，这一条路往南都，俱是大路，人烟凑集，可以长行。』殷郊曰：『既然如此，二位将军不知往何方去？何时再能重会也？』方相曰：『臣此去，不管那镇诸侯处暂且安身；俟殿下借兵进朝歌时，臣自来投拜麾下，以作前驱耳。』四人各各洒泪而别。

不表方弼、方相别殿下，投小路而去；且说殷郊对殷洪曰：『兄弟，你投哪一路去？』殷洪曰：『但凭哥哥。』殷郊曰：『我往东鲁，你往南都。我见外翁，哭诉这场冤苦，舅爷必定调兵。我差官知会你，你或借数万之师，齐伐朝歌，擒拿妲己，为母亲报仇。此事不可忘了！』殷洪垂泪点头：『哥哥，从此一别，不知何日再会？』兄弟二人放声大哭，执手难分。有诗为证，诗曰：

旅雁分飞实可伤，兄南弟北苦参商。
思亲痛有千行泪，失路愁添万结肠。
横笛几声催暮霭，孤云一片逐沧浪。
谁知国破人离散，方信倾城在女娘。

话言殷洪上路，泪不能干，凄凄惨惨，愁怀万缕。况殿下年纪幼小，身居宫阙，哪晓得跋涉长途？行行且止，后绊前思，腹内又饥。你想那殿下深居宫中，思衣则绫锦，思食则珍馐，哪里会求乞于人！见一村舍人家，大小俱在那里吃饭。殿下走到跟前，便教：『拿饭与孤家用！』众人看见殿下身着红衣，相貌非俗，忙起身曰：『请坐，有饭。』忙忙取饭放在桌上。殷洪吃了，起身谢曰：『承饭有扰，不知何时还报你们。』乡人曰：『小哥哪里去？贵处？上姓？』殷洪曰：『吾非别人，纣王之子殷洪是也。如今往南都见鄂崇禹。』那些人听是殿下，忙叩在地，口称：『千岁！小民不知，有失迎迓，望乞恕罪。』殿下曰：『此处可是往南都去的路？』乡民曰：『这是大路。』殿下离了村庄，望前趱行，一日走不上二三十里。大抵殿下乃深宫娇养，哪里会走路？此时来到前不巴村，后不着店，无处可歇，心下着慌。又行二三里，只见松阴密杂，路道分明，见一座古庙，殿下大喜，一径奔至前面。见庙门一匾，上书『轩辕庙』。殿下进庙，拜倒在地，言曰：『轩辕圣主，制度衣裳，礼乐冠冕，日中为市，乃上古之圣君也。殷洪乃成汤三十一代之孙，纣王之子。今父王无道，杀子诛妻，殷洪逃难，借圣帝庙宇安宿一夜，明日早行。望

圣帝护祐！若得寸土安身，殷洪自当重修殿宇，再换金身。』此时殿下一路行来，身体困倦，圣座下和衣睡倒。不表。

且言殷郊望东鲁大道一路行来，日色将暮，止走了四五十里。只见一府第，上书『太师府』。殷郊曰：『此处乃是宦门，可以借宿一宵，明日早行。』殿下曰：『里边有人否？』问了一声，见里边无人答应，殿下只得又进一层门。只听的里面有人长叹，作诗曰：

几年待罪掌丝纶，一片丹心岂自湮。
辅弼有心知为国，坚持无地伺私人。
孰知妖孽生宫室，致使黎民化鬼燐。
可惜野臣心魏阙，乞灵无计叩枫宸。

话说殿下听毕里面作诗，殷郊复问曰：『里面有人么？』里面听有人声，问曰：『是谁？』天色已晚，黑影之中，看得不甚分明。殷郊曰：『我是过路投亲，天色晚了，借府上一宿，明日早行。』那里面老者问曰：『你声音好像朝歌人？』殷郊答曰：『正是。』老者问曰：『你在乡，在城？』殿下曰：『在城。』——『你既在城，请进来问你一声。』殿下向前一看，『呀，元来是老丞相！』商容见殷郊，下拜曰：『殿下何事到此？老臣有失迎迓，望乞恕罪。』商容又曰：『殿下乃国之储贰，岂有独行至此，必国有不祥之兆。请殿下坐了，老臣听说详细。』殷郊流泪，把纣王杀子诛妻事故细说一遍。商容顿足大叫曰：『孰知昏君这等暴横，绝灭人伦，三纲尽失！我老臣虽是身在林泉，心怀魏阙，岂知平地风波，生此异事，娘娘竟遭惨死，二位殿下流离涂炭。百官为何钳口结舌，不犯颜极谏，致令朝政颠倒！殿下放心，待老臣同进朝歌，直谏天子，改弦易辙，以救祸乱。』即唤左右：『吩咐整治酒席，款待殿下，候明日修本。』

不言殷郊在商容府内，且说殷、雷二将领兵追赶二位殿下，虽有人马三千，俱是老弱不堪的，一日止行三十里，不能远走。行了三日，走上百里远近。一日，来到三叉路口，雷开曰：『长兄，且把人马安在此处，你领五十名精壮士卒，我领五十名精壮士卒，分头追赶：你往东鲁，我往南都。』殷破败曰：『此言甚善。不然，日同老弱之卒，行走不上二三十里，如何赶得上，终是误事。』雷开曰：『如长兄先赶着，回来也在此等我；若是我先赶着，回来也在此等兄。』殷破败曰：『说得有理。』二人将此老弱军卒屯扎在此，另各领年壮士卒五十名，分头赶来，不知二位殿下性命如何，且听下回分解。

第九回　商容九间殿死节

诗曰：

忠臣直谏岂沽名，只欲君明国政清。
不愿此身成个是，忍教今日祸将盈？
报储一念坚金石，诛佞孤忠贯玉京。
大志未酬先碎首，令人睹此泪如倾。

话说雷开领五十名军卒，往南都追赶，似电走云飞，风驰雨骤。赶至天晚，雷开传令：『你们饱餐，连夜追赶；料去不远。』军士依言，饱吃了战饭又赶。将及到二更时分，军士因连日跋涉劳苦，人人俱在马上困倦，险些儿闪下马来。雷开暗想：『夜里追赶，只怕赶过了，倘或殿下在后，我反在前，空劳心力；不如歇宿一宵，明日精健好赶。』叫左右：『往前边看，可有村舍？暂宿一宵，明日赶罢。』众军卒因连日追赶辛苦，巴不得要歇息。两边将火把灯球高举，照得前面松阴密密，却是村庄。及至看时，乃是一座庙宇。军卒前来禀曰：『前边有一古庙，老爷可以暂居半夜，明早好行。』雷开曰：『这个却好。』众军到了庙前，雷开下马，抬头观看，上悬字乃是『轩辕庙』，里边并无庙主，军卒用手推门，齐进庙来，火把一照，只见圣座下一人，鼾睡不醒。雷开向前看时，却是殿下殷洪。雷开叹曰：『若往前行，却不错过了！此也是天数。』雷开叫曰：『殿下，殿下！』殷洪正在浓睡之间，猛然惊醒，只

商容对百官曰：『老夫此来，面见天子，有死无生，今日必犯颜真谏，舍身报国，庶几有面见先王于在天之灵。』叫执殿官鸣钟鼓。

见灯球火把，一簇人马拥塞。殿下认的是雷开。殿下叫：『雷将军！』雷开曰：『殿下，臣奉天子命，来请殿下回朝。百官俱有保本，殿下可以放心。』殷洪曰：『将军不必再言，我已尽知，料不能逃此大难。我死也不惧，只是一路行来，甚是狼狈，难以行走。乞将军把你的马与我骑一骑，你意下如何？』雷开听得，忙答曰：『臣的马请殿下乘骑，臣愿步随。』彼时殷洪离庙上马，雷开步行押后，往三叉路口而来。不表。

且言殷破败望东鲁大道赶来，行了一二日，赶到风云镇，又过十里，只见八字粉墙，金字牌匾，上书『太师府』。殷破败勒住马看时，原来是商丞相的府。殷破败滚鞍下马，径进相府，来看商容。商容原是殷破败座主，殷破败是商容的门生，故此下马谒见商容，却不知太子殷郊正在厅上吃饭，殷破败忝在门生，不用通报，径到厅前；见殿下同丞相用饭。殷破败上厅曰：『千岁，老丞相，末将奉天子旨意，来请殿下回朝。』商容曰：『殷将军，你来的好。我想朝歌有四百文武，就无一

员官直谏天子，文官钳口，武不能言，爱爵贪名，尸位素餐，成何世界！』丞相正骂起气来，哪里肯住！且说殿下殷郊，颤兢兢面如金纸，上前言曰：『老丞相不必大怒，殷将军既奉旨拿我，料此去必无生路。』言罢泪如雨下。商容大呼曰：『殿下放心！我老臣本尚未完，若见天子，自有说话。』叫左右槽头：『收拾马匹，打点行装，我亲自面君便了。』殷破败见商容自往朝歌见驾，恐天子罪责。殷破败曰：『丞相听启：卑职奉旨来请殿下，可同殿下先回，在朝歌等候；丞相略后一步。见门生先有天子而后私情也。不识丞相可容纳否？』商容笑曰：『殷将军，我晓得这句话：我要同行，你恐天子责你容情之罪。也罢，殿下，你同殷将军前去；老夫随后便至。』却说殿下离了商容府第，行行且止，两泪不干。商容便叫殷破败：『贤契，我响当当的殿下交与你，你莫望功高，有伤君臣大义，则罪不胜诛矣。』破败顿首曰：『门下领命，岂敢妄为！』殿下辞了商容，同殷破败上马，一路行来。殷郊在马上暗想：『我虽身死不辞，还有兄弟殷洪，尚有申冤报恨之时。』行非一日，不觉到来三叉路口。军卒报雷开。雷开到辕门来看时，只见殿下同殷破败在马上。雷开曰：『恭喜千岁回来！』殿下下马进营，殷洪在帐上高坐，只见报说：『千岁来了。』殷洪闻言，抬头看时，果见殷郊。殷郊又见殷洪，心如刀绞，竟似油煎，赶上前，一把扯住殷洪，放声大哭曰：『我兄弟二人，生前得何罪与天地！东南逃走，不能逃脱，意遭网罗！两人被擒，父母戴天之仇，化为乌有。』顿足捶胸，伤心切骨，『可怜我母死无辜，子亡无罪！』正是二位殿下悲啼，只见三千士卒闻者心酸，见者掩鼻。二将不得已，催动人马望朝歌而来。有诗为证，诗曰：

皇天何苦失推祥，兄弟逃灾离故乡。
指望借兵申大恨，孰知中道遇豺狼。
思亲漫有冲霄志，诛佞空怀报怨方。
此日双双投陷阱，行人一见泪千行。

话说殷、雷二将获得殿下，将至朝歌，安下营寨。二将进城回旨，暗喜成功。有探马报到武成王黄飞虎帅府来，说：『殷、雷二将已捉获得二位殿下，进城回旨。』黄飞虎听报大怒：『这匹夫！你望成功，不顾成汤后嗣，我叫你千钟未享餐刀剑，功未褒封血染衣！』令黄明、周纪、龙环、吴炎：『你们与我传请各位老千岁与诸多文武，俱至午门会齐。』四将领命去了，黄飞虎上了坐骑，径至午门。方才下骑，只见纷纷文武，往往官僚，闻捉获了殿下，俱到午门。不一时，亚相比干、微子、箕子、微子启、微子衍、伯夷、叔齐、上大夫胶鬲、赵启、杨任、孙寅、方天爵、李烨、李燧，百官相见。黄飞虎曰：『列位老殿下，诸位大夫，今日安危，俱在丞相、列位谏议定夺。吾乃武臣，又非言路，乞早为之计。』正议论间，只见军卒簇拥二位殿下来到午门。百官上前，口称『千岁』。殷郊、殷洪垂泪大叫曰：『列位皇伯、皇叔并众位大臣！可怜成汤三十一世之孙，一旦身遭屠戮。我自正位东宫，并无失德，纵有过恶，不过贬谪，也不致身首异处。乞列位念社稷为重，保救余生，不胜幸甚！』微子启曰：『殿下，不妨。多官俱有本章保奏，料应无事。』

且言殷、雷二将进寿仙宫回旨，纣王曰：『既拿了逆子，不须见朕，速斩首午门正法，收尸埋葬回旨。』殷破败奏曰：『臣未得行刑旨出，焉敢处决！』纣王即用御笔书『行刑』二字付与。殷、雷二将捧行刑旨意，速出午门来。黄飞虎一见，火从心上起，怒向胆边生，站立午门正中，阻住二将，大叫曰：『殷破败！雷开！恭喜你擒太子有功，杀殿下有爵！只怕你官高必险，位重者身危！』殷、雷二将还未及回言，只见一员官，乃上大夫赵启是也，走上前，劈手一把，将殷破败捧的行刑旨扯得纷纷粉碎，厉声大叫曰：『昏君无道，匹夫助恶，谁敢捧旨擅杀东宫太子！谁敢执宝剑妄斩储君！似今朝纲常大变，礼义全无！列位老殿下，诸位大臣，午门非议国事之所，齐到大殿，鸣其钟鼓，请驾临朝，俱要犯颜直谏，以定国本。』殷、雷二将见众官激变，不复朝仪，吓得目瞪口呆，不知所出。黄飞虎又命黄明、周纪等四将，守住殿下，以防暗害。这八名奉御官把二位殿下绑缚，只等行刑旨意，孰知众官阻住。这且不言。且说众官齐上大殿，鸣钟击鼓，请天子登殿。纣王在寿仙宫听见钟鼓之声，正欲传问，只见奉御官奏曰：『合朝文武请陛下登殿。』纣王对妲己曰：『此无别事，只为逆子，百官欲来保奏。如何处治？』妲己奏曰：『陛下传出旨意：今日斩了殿下，百官明日见朝。一面传旨，一面催殷破败回旨。』奉御官旨意下，百官仰听玉音：

诏曰：君命召，不俟驾；君赐死，不敢生。此万古之大法，天子所不得轻重者也。今逆子殷郊，助恶殷洪，灭伦藐法，肆行不道，仗剑入宫，擅杀逆贼姜环，希图无证；复持剑敢杀命官，欲行弑父。悖理逆常，子道尽灭。今擒获午门，以正祖宗之法。卿等毋得助逆祐恶，明听朕言。如有国家政事，俟明日临殿议处。故兹诏示，想宜知悉。

奉御官读诏已毕，百官无可奈何，纷纷议论不决，亦不敢散；不知行刑旨已出午门了。这且不表。

单言上天垂象，定下兴衰，二位殿下乃『封神榜』上有名的，自是不该命绝。当有太华山云霄洞赤精子，九仙山桃源洞广成子，只因一千五百年神仙犯了杀戒，昆仑山玉虚宫掌阐道法宣扬正教圣人元始天尊闭了讲筵，不阐道德；二仙无事，闲乐三山，兴游五岳，脚踏云光，往朝歌径过，忽被二位殿下顶上两道红光把二位大仙足下云光阻住。二仙乃拨开云头观看，见午门杀气连绵，愁云卷结。二仙早知其意。广成子曰：『道兄，成汤王气将终，西岐圣主已出。你看那一簇众生之内，绑缚二人，红气冲霄，命不该绝；况且俱是姜子牙帐下名符，你我道心，无处不慈悲，何不救他一救。你带他一个，我带他一个回山，久后助姜子牙成功，东进五关，也是一举两得。』赤精子曰：『此言有理，不可迟误。』广成子忙唤黄巾力士：『与我把那二位殿下抓回本山来听用！』黄巾力士领法旨，驾起神风，只见播土扬尘，飞沙走石，地暗天昏，一声响亮，如崩开华岳，折倒泰山，吓得围宿三军，执刀士卒，监斩殷破败用衣掩面，抱头鼠窜。及至风息无声，二位殿下不知何往，踪迹全无。吓得殷破败魂不附体，异事非常。午门外众军一声呐喊。黄飞虎在大殿读诏，才商议纷纷；忽听喊声，比干正问何事呐喊，有周纪到大殿，报黄飞虎曰：『方才大风一阵，满道异香，飞沙走石，对面不能见人。只一声响亮，二位殿下不知刮往何处去了。异事非常，真是可怪！』百官闻言，喜不自胜，叹曰：『天不亡衔冤之子，地不绝成汤之脉。』百官俱有喜色。只见殷破败慌忙进宫，启奏纣王。

后人有诗感叹此事，诗曰：

仙风一阵异香生，播土扬尘蔽日明。
力士奉文放道术，将军失守枉持兵。
空劳铁骑追风影，漫有谗言害鹡鸰。
堪叹废兴皆定数，周家八百已生成。

话说殷破败进寿仙宫，见纣王奏曰：『臣奉旨监斩，正候行刑旨出，忽被一阵狂风，把二殿下刮将去了，无踪无迹。异事非常，请旨定夺。』纣王闻言，沉吟不语，暗想曰：『怪哉！奇哉！』心下犹豫不决。

且说丞相商容，随后赶进朝歌，只听得朝歌百姓俱言『刚刮去二位殿下』，商容甚是惊异。来到午门，只见人马拥挤，甲士纷纷。商容径进午门，过九龙桥，时有比干看见商容前来，百官俱上前迎接，口称『丞相』。商容曰：『众位老殿下，列位大夫，我商容有罪，告归林下未久；孰想天子失政，杀子诛妻，荒淫无道，可惜堂堂宰府，烈烈三公，既食朝廷之禄，当为朝廷之事，为何无一言谏止天子者，何也？』黄飞虎曰：『丞相，天子深居内宫，不临大殿，有旨皆系传奉。诸臣不得面君，真是君门万里。今日殷、雷二将把殿下捉获，进都城回旨，绑缚午门，专候行刑旨意，幸上大夫赵先生扯碎旨意，百官鸣钟击鼓，请天子临殿面谏。只见内宫传旨，俟斩了殿下，明日看百官奏章。内外不通，君臣阻隔，不得面奏。正无可奈何，却得天从人愿，一阵狂风，把二位殿下刮将去了。殷破败才进宫回旨，尚未出来。老丞相略等一等，俟他出来，便知端的。』只见殷破败走出大殿，看见商容，未及言说。商容向前

曰：『殿下被风刮去了，恭喜你的功高任重，不日列土分茅！』殷破败欠身打躬曰：『丞相罪杀末将了！君命点差，非为己私，丞相错怪我了。』商容对百官曰：『老夫此来，面见天子，有死无生，今日必犯颜真谏，舍身报国，庶几有面见先王于在天之灵。』叫执殿官鸣钟鼓。执殿官将钟鼓齐鸣，奉御官奏乐请驾。纣王正在宫中，因风刮去殿下，郁郁不乐。又闻奏乐临朝，钟鼓不绝，纣王大怒，只得命驾登殿，升于宝座。百官朝贺毕。天子曰：『卿等有何奏章？』商容在丹墀下，俯伏不言。纣王观见丹墀下俯伏一人，身穿缟素，又非大臣，王曰：『俯伏何人？』商容奏曰：『致政首相待罪商容朝见陛下。』纣王见商容，惊问曰：『卿既归林下，复往都城，不遵宣诏，擅进大殿，何自不知进退如此！』商容肘膝行至滴水檐前，泣而奏曰：『臣昔居相位，未报国恩；近闻陛下荒淫酒色，道德全无，听谗逐正，紊乱纪纲，颠倒五常，污蔑彝伦，君道有亏，祸乱已伏。臣不避万刃之诛，具疏投天，恳乞陛下容纳，真拨云见日，普天之下瞻仰圣德于无疆矣。』商容将本献上，比干接表，展于龙案。纣王观之：

具疏臣商容奏：为朝廷失政，三纲尽绝，伦纪全乖，社稷颠危，祸乱已生，隐忧百出事：臣闻天子以道治国，以德治民，克勤克戒，毋敢怠荒，夙夜祗惧，以祀上帝，故宗庙社稷，乃是磐石之安，金汤之固。昔日陛下初嗣宝位，修仁行义，不遑宁处，罔敢倦勤，敬礼诸侯，优恤大臣，忧民劳苦，惜民货财，智服四夷，威加遐迩，雨顺风调，万民乐业，真可轶尧驾舜，乃圣乃神，不是过也。不意陛下近时信任奸邪，不修政道，荒乱朝政，大肆凶顽，近佞远贤，沉湎酒色，日事声歌。听谗臣设谋，而陷正宫，人道乖和；信妲己赐杀太子，而绝先王宗嗣，慈爱尽灭；忠谏遭

商容望后一闪，一头撞倒龙盘石柱上面。——可怜七十五岁老臣，今日尽忠，脑浆喷出，血染衣襟，一世忠臣，半生孝子，今日之死，乃是前生造定的。

其炮烙惨刑，君臣大义已死。陛下三纲污蔑，人道俱垂，罪符夏桀，有忝为君。自古无道人君，未有过此者。臣不避斧钺之诛，献逆耳之言，愿陛下速赐妲己自尽于宫闱，申皇后、太子屈死之冤，斩谗臣于藁街，谢忠臣义士惨刑酷死之苦。人民仰服，文武欢心，朝纲整饬，宫内肃清。陛下坐享太平，安康万载。臣虽死之日，犹生之年。臣临启不胜惶悚待命之至！谨疏以闻。

纣王看完表章大怒，将本扯得粉碎，传旨命当驾官：『将这老匹夫拿出午门，用金瓜击死！』两边当驾官欲待上前，商容站立檐前，大呼曰：『谁敢拿我！我乃三世之股肱，托孤之大臣！』商容手指纣王大骂曰：『昏君！你心迷酒色，荒乱国政，独不思先王克勤克俭，聿修厥德，乃受天明命；今昏君不敬上天，弃厥先宗社，谓恶不足畏，谓敬不足为，异日身弑国亡，有辱先王。且皇后乃元配，天下国母，未闻有失德。昵比妲己，惨刑毒死，大纲已失。殿下无辜，信谗杀戮，今飘刮无踪，父子伦绝。阻忠杀谏，炮烙良臣，君道全亏。眼见祸乱将兴，灾异叠见。不久宗庙丘墟，社稷易主。可惜先王竭精揆髓遗为子孙万世之基，金汤锦绣之天下，被你这昏君断送了个干干净净的！你死于九泉之下，将何颜见你之先王哉！』纣王拍案大骂：『快拿匹夫击顶！』商容大喝左右：『吾不惜死！帝乙先君：老臣今日有负社稷，不能匡救于君，实愧见先王耳！你这昏君，天下只在数载之间，一旦失与他人！』商容望后一闪，一头撞倒龙盘石柱上面。——可怜七十五岁老臣，今日尽忠，脑浆喷出，血染衣襟，一世忠臣，半生孝子，今日之死，乃是前生造定的。后人有诗吊之，诗曰：

速马朝歌见纣王，九间殿上尽忠良。
骂君不怕身躯碎，叱主何愁剑下亡。
炮烙岂辞心似铁，忠言直谏意如钢。
今朝撞死金阶下，留得声名万古香。

话说众臣见商容撞死阶下，面面相觑。纣王犹怒声不息，吩咐奉御官：『将这老匹夫尸骸抛去都城外，毋得掩埋！』左右将商容尸骸扛去城外。不题。不知后事如何，且听下回分解。

第十回　姬伯燕山收雷震

诗曰：

燕山此际瑞烟笼，雷起东南助晓风。
霹雳声中惊蝶梦，电光影里发尘蒙。
三分有二开岐业，百子名全应镐酆。
卜世卜年龙虎将，兴周灭纣建奇功。

话说众官见商容撞死，纣王大怒，俱未及言语。只见大夫赵启见商容皓首死于非命，又令抛尸，心下甚是不平，不觉竖目扬眉，忍纳不住，大叫出班：『臣赵启不敢有负先王，今日殿前以死报国，得与商丞相同游地下足矣。』指纣王骂曰：『无道昏君！绝首相，退忠良，诸侯失望；宠妲己，信谗佞，社稷摧颓。我且历数昏君的积恶：皇后遭枉酷死，自立妲己为正宫；追杀太子，使无踪迹；国无根本，不久丘墟。昏君，昏君！你不义诛妻，不慈杀子，不道治国，不德杀大臣，不明近邪佞，不正贪酒色，不智立三纲，不耻败五常。昏君！人伦道德，一字全无，枉为人君，空禅帝座，有辱成汤，死有余愧！』纣王大怒，切齿拍案大骂：『匹夫焉敢侮君骂主！』传旨：『将这逆贼速拿炮烙！』赵启曰：『吾死不足惜，止留忠孝于人间，岂似你这昏君，断送江山，污名万载！』纣王气冲牛斗。两边将炮烙烧红，把赵启剥去冠冕，将铁索裹身，只烙的筋断皮焦，骨化烟飞，九间殿烟飞人臭，众官员钳口伤情。纣王看此

惨刑，其心方遂，传旨驾回。有诗为证，诗曰：

炮烙当庭设，火威乘势热。
四肢未抱时，一炬先摧烈。
须臾化骨筋，顷刻成膏血。
要知纣山河，随此烟烬灭。

九间殿又炮烙大臣，百官胆颤魂飞。不表。

且说纣王回宫，妲己接见。纣王携手相搀，并坐龙墩之上。王曰：『今日商容撞死，赵启炮烙，朕被这两个匹夫辱骂不堪。这样惨刑，百官俱还不怕，毕竟还再想奇法，治此倔强之辈。』妲己对曰：『容妾再思。』王曰：『美人大位已定，朝内百官也不敢谏阻，朕所虑东伯侯姜桓楚，知他女儿惨死，领兵反叛，构引诸侯，杀至朝歌；闻仲北海未回，如之奈何？』妲己曰：『妾乃女流，闻见有限，望陛下急召费仲商议，必有奇谋，可安天下。』王曰：『御妻之言有理。』即传旨：『宣费仲。』不一时，费仲至宫拜见。纣王曰：『姜后已亡，朕恐姜桓楚闻知，领兵反乱，东方恐不得安宁。卿有何策可定太平？』费仲跪而奏曰：『姜后已亡，殿下又失，商容撞死，赵启炮烙，文武各有怨言，只恐内传音信，构惹姜桓楚兵来，必生祸乱。陛下不若暗传四道旨意，把四镇大诸侯诓进都城，枭首号令，斩草除根。那八百镇诸侯知四臣已故，如蛟龙失首，猛虎无牙，断不敢猖獗。天下可保安宁。不知圣意如何？』纣王闻言

东伯侯姜桓楚等，高擎牙笏，进礼称『臣』毕。姜桓楚将本章呈上，亚相比干接本。

大悦，『卿真乃盖世奇才，果有安邦之策，不负苏皇后之所荐。』费仲退出宫中。纣王暗发诏旨四道，点四员使命官，往四处去，诏姜桓楚、鄂崇禹、姬昌、崇侯虎。不题。

且说那一员官径往西岐前来，一路上风尘滚滚，芳草凄凄，穿州过府，旅店村庄，真是朝登紫陌，暮踏红尘。不一日，过了西岐山七十里，进了都城。使命观看城内光景：民丰物阜，市井安闲，做买做卖，和容悦色，来往行人，谦让尊卑。使命叹曰：『闻道姬伯仁德，果然风景雍和，真是唐虞之世。』使命至金庭馆驿下马。次日，西伯侯姬昌设殿，聚文武讲论治国安民之道。端门官报道：『旨意下。』姬伯带领文武，接天子旨。使命到殿，跪听开读：

诏曰：北海猖獗，大肆凶顽，生民涂炭，文武莫知所措，朕甚忧心。内无辅弼，外欠协同，特诏尔四大诸侯至朝，共襄国政，戡定祸乱。诏书到日，尔西伯侯姬昌速赴都城，以慰朕绻怀，毋得羁迟，致朕伫望。侯功成之日，进爵加封，广开茅土。谨钦来命，朕不食言。汝其

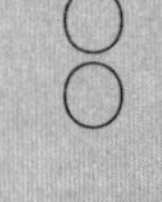

钦哉！特诏。

姬昌拜诏毕，设筵款待天使。次日整备金银表礼，赍送天使。姬昌曰：『天使大人，只在朝歌会齐；姬昌收拾就行。』使命官谢毕姬昌去了。不题。

且言姬昌坐端明殿，对上大夫散宜生曰：『孤此去，内事托与大夫，外事托与南宫适、辛甲诸人。』宣儿伯邑考至，吩咐曰：『昨日天使宣召，我起一易课，此去多凶少吉，纵不致损身，该有七年大难。你在西岐，须是守法，不可改于国政，一循旧章；弟兄和睦，君臣相安，毋得任一己之私，便一身之好。凡有作为，惟老成是谋。西岐之民，无妻者给与金钱而娶；贫而愆期未嫁者，给与金银而嫁；孤寒无依者，当月给口粮，毋使欠缺。待孤七载之后灾满，自然荣归。你切不可差人来接我。此是至嘱至嘱，不可有忘！』伯邑考听父此言，跪而言曰：『父王既有七载之难，子当代往，父王不可亲去。』姬昌曰：『我儿，君子见难，岂不知回避？但天数已定，断不可逃，徒自多事。你等专心守父嘱诸言，即是大孝，何必乃尔。』姬昌退至后宫，来见母亲太姜，行礼毕。太姜曰：『我儿，为母与你演先天数，你有七年灾难。』姬昌跪下答曰：『今日天子诏至，孩儿随演先天数，内有不祥，七载罪愆，不能绝命。方才内事外事，俱托文武，国政付子伯邑考。孩儿特进宫来辞别母亲，明日欲往朝歌。』太姜曰：『我儿此去，百事斟酌，不可造次。』姬昌曰：『谨如母训。』随出内宫与元妃太姬作别。——西伯侯有四乳，二十四妃，生九十九子，长曰伯邑考，次子姬发即武王天子也。周有三母，乃昌之母太姜，昌之元妃太姬，武王之元配太妊，故周有三母，俱是大

贤圣母。姬昌次日打点往朝歌，匆匆行色，带领从人五十名。只见合朝文武：上大夫散宜生，大将军南宫适，毛公遂、周公旦、召公奭、毕公、荣公、辛甲、辛免、太颠、闳夭——四贤、八俊，与世子伯邑考、姬发，领众军民人等，至十里长亭饯别，摆九龙侍席，百官与世子把盏。姬昌曰：『今与诸卿一别，七载之后，君臣又会矣。』姬昌以手拍邑考曰：『我儿，只你弟兄和睦，孤亦无虑。』饮罢数盏，姬昌上马。父子君臣，洒泪而别。

西伯那一日上路，走七十余里，过了岐山。一路行来，夜住晓行，也非一日。那一日行至燕山，姬伯在马上曰：『叫左右看前面可有村舍茂林，可以避雨，咫尺间必有大雨来了。』跟随人正议论曰：『青天朗朗，云翳俱无，赤日流光，雨从何来？……』说话未了，只见云雾齐生。姬昌打马，叫速进茂林避雨。众人方进得林来，但见好雨：

云长东南，雾起西北。霎时间风狂生冷气，须臾内雨气可侵人。初起时微微细雨，次后来密密层层。滋禾润稼，花枝上斜挂玉玲珑；壮地肥田，草稍尖乱滴珍珠滚。高山翻下千重浪，低凹平添白练水。遍地草浇鸭顶绿，满山石洗佛头青。推塌锦江花四海，好雨，扳倒天河往下倾。

话说姬昌在茂林避雨，只见滂沱大雨，一似瓢泼盆倾，下有半个时辰。姬伯吩咐众人：『仔细些，雷来了！』跟随众人大家说：『老爷吩咐，雷来了，仔细些！』话犹未了，一声响亮，霹雳交加，震动山河大地，崩倒华岳高山。众人大惊失色，都挤紧在一处。须臾云散雨收，日色当空，众人方出得林子来。姬昌在马上浑身雨湿，叹曰：『雷过生光，将星出现。左右的，与我把将星寻来！』众人冷笑不止：『将星是谁？哪里去找寻？』然而不敢违命，只得四位行礼已毕，复添一席，传杯欢饮。

四下里寻觅。众人正寻之间，只听得古墓旁边，像一孩子哭泣声响。众人向前一看，果是个孩子。众人曰：『想此古墓，焉得有这孩儿？必然古怪，想是将星。就将这婴孩抱来献与千岁看，何如？』众人果将这孩儿抱来，递与姬伯。姬伯看见好个孩子，面如桃蕊，眼有光华。姬昌大喜，想：『我该有百子，今止有九十九子，适才之数，该得此儿，正成百子之兆，真是美事。』命左右：『将此儿送往前村权养，待孤七载回来，带往西岐；久后此子福分不浅。』姬昌纵马前行，登山过岭，赶过燕山。往前正走，不过一二十里，只见一道人，丰姿清秀，相貌稀奇，道家风味异常，宽袍大袖，哪道人有飘然出世之表，向马前打稽首曰：『君侯，贫道稽首了。』姬昌慌忙下马答礼，言曰：『不才姬昌失礼了。请问道者为何到此？哪座名山？甚么洞府？今见不才有何见谕？愿闻其详。』那道人答曰：『贫道是终南山玉柱洞炼气士云中子是也。方才雨过雷鸣，将星出现。贫道不辞千里而来，寻访将星。今睹尊颜，贫道幸甚。』姬昌听罢，命左右抱过此子付与道人。道人接过看曰：『将

星，你这时候才出现！』云中子曰：『贤侯，贫道今将此儿带上终南，以为徒弟；俟贤侯回日，奉与贤侯。不知贤侯意下如何？』昌曰：『道者带去不妨，只是久后相会，以何名为证？』道人曰：『雷过现身，后会时以「雷震」为名便了。』昌曰：『不才领教，请了。』云中子抱雷震子回终南而去。——若要相会，七年后姬伯有难，雷震子下山重会。此是后话，表过不题。

且说姬昌一路无词，进五关，过渑池县，渡黄河，过孟津，进朝歌，来至金庭馆驿。馆驿中先到了三路诸侯：东伯侯姜桓楚、南伯侯鄂崇禹、北伯侯崇侯虎。三位诸侯在驿中饮酒，左右来报：『姬伯侯到了。』三位迎接。姜桓楚曰：『姬贤伯为何来迟？』昌曰：『因路远羁縻，故此来迟，得罪了。』四位行礼已毕，复添一席，传杯欢饮。酒行数巡，姬昌问曰：『三位贤伯，天子何事紧急，诏我四臣到此？我想有甚么大事情，都城内有武成王黄飞虎，是天子栋梁，治国有方；亚相比干，能调和鼎鼐，治民有法，有干何事，宣诏我等。』四人饮酒半酣，只见南伯侯鄂崇禹平时知道崇侯虎会夤缘钻刺，结党费仲、尤浑，蠹惑圣聪，广施土木，劳民伤财，哪肯为国为民，只知贿赂于己，此时酒已多了，偶然想起从前事来，鄂崇禹乃曰：『姜贤伯，姬贤伯，不才有一言奉启崇贤伯。』崇侯虎笑容答曰：『贤伯有甚事见教？不才敢不领命？』鄂崇禹曰：『天下诸侯首领是我等四人，闻贤伯过恶多端，全无大臣体面，剥民利己，专与费仲、尤浑往来。督功监造摘星楼，闻得你三丁抽二，有钱者买闲在家，无钱者重役苦累，你受私爱财，苦杀万民，自专杀伐，狐假虎威，行似豺狼，心如饿虎，朝歌城内军民人等，不敢正视，千门切齿，万户衔冤。贤伯，

常言道得好：「祸由恶作，福自德生。」从此改过，切不可为！』就把崇侯虎说得满目烟生，口内火出，大叫道：『鄂崇禹！你出言狂妄。我和你俱是一样大臣，你为何席前这等凌虐我！你有何能，敢当面以诬言污蔑我！』——看官，崇侯虎倚费仲、尤浑内里有人，就酒席上要与鄂崇禹相争起来。只见姬昌指侯虎曰：『崇贤伯，鄂贤伯劝你俱是好言，你怎这等横暴！难道我等在此，你好毁打鄂贤伯！若鄂贤伯这番言语，也不过是爱公忠告之道。若有此事，痛加改过；若无此事，更自加勉；则鄂伯之言句句良言，语语金石。今公不知自责，反怪直谏，非礼也。』崇侯虎听姬昌之言，不敢动手。不提防被鄂崇禹一壶酒，劈面打来，正打侯虎脸上。侯虎探身来抓鄂崇禹，又被姜桓楚架开，大喝曰：『大臣厮打，体面何存！崇贤伯，夜深了，你睡罢。』侯虎忍气吞声，自去睡了。有诗曰：

馆舍传杯论短长，奸臣设计害忠良。
刀兵自此纷纷起，播乱朝歌万姓殃。

且言三位诸侯，久不曾会，重整一席，三人共饮。将至二鼓时分，内中有一驿卒，见三位大臣饮酒，点头叹曰：『千岁，千岁！你们今夜传杯欢会饮，只怕明日鲜红染市曹！』更深夜静，人言甚是明白。姬昌明明听见这样言语，便问：『甚么人说话？叫过来。』左右侍酒人等，俱在两旁，只得俱过来，齐齐跪倒。姬伯问曰：『方才谁言「今夜传怀欢会饮，明日鲜红染市曹」？』众人答曰：『不曾说此言语。』只见姜、鄂二侯也不曾听见。姬伯曰：『句句分明，怎言不曾说？』叫家将进来，『拿出去，都斩了！』驿卒听得，谁肯将生替死！只得挤出这人。众人齐叫：『千

岁爷，不干小人事，是姚福亲口说出。』姬伯听罢，叫：『住了。』众人起去。唤姚福问曰：『你为何出此言语？实说有赏，假诳有罪。』姚福道：『「是非只为多开口」，千岁爷在上，这一件事是机密事。小的是使命官家下的人，因姜皇后屈死西宫，二殿下大风刮去，天子信妲己娘娘暗传圣旨，宣四位大臣明日早朝，不分皂白，一概斩首。今夜小人不忍，不觉说出此言。』姜桓楚听罢，忙问曰：『姜娘娘为何屈死西宫？』姚福话已露了，收不住言语，只得从头诉说：『纣王无道，杀子诛妻，自立妲己为正宫……』细细诉说一遍。姜皇后乃桓楚之女，女死，心下如何不痛！身似刀碎，意如油煎，大叫一声，跌倒在地。姬昌命人扶起。桓楚痛哭曰：『我儿剜目，炮烙双手，自古及今，哪有此事！』姬伯劝曰：『皇后受屈，殿下无踪，人死不能复生。今夜我等各具奏章，明早见君，犯颜力谏，必分清白，以正人伦。』桓楚哭而言曰：『姜门不幸，怎敢动劳列位贤伯上言，我姜桓楚独自面君，辩明冤枉。』姬昌曰：『贤伯另是一本，我三人各具本章。』姜桓楚雨泪千行，一夜修本。不题。

且说奸臣费仲知道四大臣在馆驿住，奸臣费仲暗进偏殿见纣王，具言四路诸侯俱到了。纣王大喜。——『明日升殿，四侯必有奏章，上言阻谏。臣启陛下，明日但四侯上本，陛下不必看本，不分皂白，传旨拿出午门枭首，此为上策。』王曰：『卿言甚善。』费仲辞王归宅，一宿晚景已过。次日，早朝升殿，聚积两班文武。午门官启驾：『四镇诸侯候旨。』王曰：『宣来。』只见四侯伯听诏，即至殿前。东伯侯姜桓楚等，高擎牙笏，进礼称『臣』毕。姜桓楚将本章呈上，亚相比干接本。纣王曰：『姜桓楚，你知罪么？』桓楚奏曰：『臣镇东鲁，肃严边庭，奉法守公，自尽臣节，有何罪可知。陛下听谗宠色，不念元配，痛加惨刑，诛子灭伦，自绝宗嗣。信妖妃，阴谋忌妒；听佞臣，炮烙忠良。臣既受先王重恩，今睹天颜，不避斧钺，直言冒奏，实君负微臣，臣无负于君。望乞见怜，辩明冤枉。生者幸甚，死者幸甚！』纣王大怒，骂曰：『老逆贼！命女弑君，忍心篡位，罪恶如山，今反饰辞强辩，希图漏网。』命武士：『拿出午门，碎醢其尸，以正国法！』金瓜武士将姜桓楚剥去冠冕，绳缠索绑。姜桓楚骂不绝口。不由分说，推出午门。只见西伯侯姬昌、南伯侯鄂崇禹、北伯侯崇侯虎出班称『臣』，『陛下，臣等俱有本章。姜桓楚真心为国，并无谋篡情由，望乞祥察。』纣王安心要杀四镇诸侯，将姬昌等本章放于龙案之上。不知姬昌等性命如何，且听下回分解。

第十一回　羑里城囚西伯侯

诗曰：

君虐臣奸国事非，如何信口泄天机。
若非丹陛忠心谏，已见藁街血色飞。
羑里七年沾化雨，伏羲八卦阐精微。
从来世运归明主，漫道岐山日正辉。

话说西伯侯姬昌见天子不看姜桓楚的本，竟平白将桓楚拿出午门，碎醢其尸，心上大惊，知天子甚是无道。三人俯伏称『臣』，奏曰：『「君乃臣之元首，臣乃君之股肱。」陛下不看臣等本章，即杀大臣，是谓虐臣。文武如何肯服，君臣之道绝矣。乞陛下垂听。』亚相比干将姬昌等本展开。纣王只得看本：

具疏臣鄂崇禹、姬昌、崇侯虎等奏：为正国正法，退佞除奸，洗明沉冤，以匡不替，复立三纲，内剿狐媚事：臣等闻圣王治天下，务勤实政，不事台榭陂池；亲贤远奸，不驰务于游畋，不沉湎于酒，淫荒于色；惟敬修天命，所以天府三事允治，以故尧舜不下阶，垂拱而天下太平，万民乐业。今陛下承嗣大统以来，未闻美政，日事怠荒，信谗远贤，沉湎酒色。姜后贤而有礼，并无失德，竟遭惨刑；妲己秽污宫中，反宠以重位。屈斩太史，有失司天之内监；轻醢大臣，而废国家之股肱；造炮烙，阻忠谏之口；听谗言，杀子无慈。臣等愿陛下贬费仲、尤浑，惟君子是亲；斩妲

已整肃宫闱，庶几天心可回，天下可安。不然，臣等不知所终矣。臣等不避斧钺，冒死上言，恳乞天颜，纳臣直谏，速赐施行。天下幸甚，万民幸甚！臣不胜战栗待命之至！谨具疏以闻。

纣王看罢大怒，扯碎表章，拍案大呼：『将此等逆臣枭首回旨！』武士一齐动手，把三位大臣绑出午门。纣王命鲁雄监斩，速发行刑旨。只见右班中有中谏大夫费仲、尤浑出班，俯伏奏曰：『臣有短章，冒渎天听。』王曰：『二卿有何奏章？』——『臣启陛下：四臣有罪，触犯天颜，罪在不赦；但姜桓楚有弑君之恶，鄂崇禹有叱主之愆，姬昌利口侮君，崇侯虎随众诬谤。据臣公议：崇侯虎素怀忠直，出力报国，造摘星楼，沥胆披肝，起寿仙宫，夙夜尽瘁，曾竭力公家，分毫无过。崇侯虎不过随声附和，实非本心；若是不分皂白，玉石俱焚，是有功而与无功同也，人心未必肯服。愿陛下赦侯虎毫末之生，以后将功赎今日之罪。』纣王见费、尤二臣谏赦崇侯虎，盖为费、尤二人，乃纣王之宠臣，言听计从，无语不入。王曰：『据二卿之言，昔崇侯虎既有功于社稷，朕当不负前劳。』叫奉御官传旨：『特赦崇侯虎。』二人谢恩归班。旨意传出：『单赦崇侯虎。』殿东头恼了武成王黄飞虎，执笏出班，有亚相比干并微子、箕子、微子启、微子衍、伯夷、叔齐七人同出班俯伏。比干奏曰：『臣启陛下：大臣者乃天子之股肱。姜桓楚威镇东鲁，数有战功，若言弑君，一无可证，安得加以极刑；况姬昌忠心不二，为国为民，实邦家之福臣；道合天地，德配阴阳，仁结诸侯，义施文武，礼治邦家，智服反叛，信达军民，纪纲肃清，政事正整，臣贤君正，子孝父慈，兄友弟恭，君臣一心，不肆干戈，不行杀伐，行人让路，夜不闭户，路不拾遗，四方瞻仰，称为西方圣人；鄂崇

禹身任一方重寄，日夜勤劳王家，使一方无警：皆是有功社稷之臣。乞陛下一并怜而赦之，群臣不胜感激之至！』王曰：『姜桓楚谋逆，鄂崇禹、姬昌簧口鼓惑，妄言诋君，俱罪在不赦，诸臣安得妄保！』黄飞虎奏曰：『姜桓楚、鄂崇禹皆名重大臣，素无过举；姬昌乃良心君子，善演先天之数：皆国家梁栋之才。今一旦无罪而死，何以服天下臣民之心！况三路诸侯俱带甲数十万，精兵猛将，不谓无人；倘其臣民知其君死非其罪，又何忍其君遭此无辜，倘或机心一骋，恐兵戈扰攘，四方黎庶倒悬。况闻太师远征北海，今又内起祸胎，国祚何安！愿陛下怜而赦之。国家幸甚！』纣王闻奏，又见七王力谏，乃曰：『姬昌，朕亦素闻忠良，但不该随声附和，本宜重处；姑看诸卿所奏赦免，但恐他日归国有变，卿等不得辞其责矣。姜桓楚、鄂崇禹谋逆不赦，速正典刑！诸卿再毋得渎奏。』旨意传出：『赦免姬昌。』天子命奉御官：『速催行刑，将姜桓楚、鄂崇禹以正国法。』只见左班中有上大夫胶鬲、杨任等六位大臣进礼称『臣』：『臣有奏章，可安天下。』纣王曰：『卿等又有何奏章？』杨任奏曰：『四臣有罪，天赦姬昌，乃七王为国为贤者也。且姜桓楚、鄂崇禹皆称首之臣。桓楚任重功高，素无失德，谋逆无证，岂得妄坐。崇禹性卤无屈，直谏圣聪，无虚无谬。臣闻君明则臣直。直谏君过者，忠臣也，词谀逢君者，佞臣也。臣等目观国事艰难，不得不繁言渎奏。愿陛下怜二臣无辜，赦还本国，清平各地，使君臣喜乐于尧天，万姓讴歌于化日，臣民念陛下宽洪大度，纳谏如流，始终不负臣子为国为民之本心耳。臣等不胜感激之至！』王怒曰：『乱臣造逆，恶党簧舌，桓楚弑君，醢尸不足以尽其辜。崇禹谤君，枭首正当其罪。众卿强谏，朋比欺君，污蔑法纪。如再阻言者，即与二逆臣同罪！』随传旨：

『速正典刑！』杨任等见天子怒色，莫敢谁何。也是活该二臣命绝，旨意出，鄂崇禹枭首，姜桓楚将巨钉钉其手足，乱刀碎剐，名曰醢尸。监斩官鲁雄回旨，纣王驾回宫阙。姬昌拜谢七位殿下，泣而诉曰：『姜桓楚无辜惨死，鄂崇禹忠谏丧身，东南两地，自此无宁日矣！』众人俱各惨然泪下曰：『且将二侯收尸，埋葬浅土，以俟事定，再作区处。』有诗为证，诗曰：

忠告徒劳谏诤名，逆鳞难犯莫轻撄。

醢尸桓楚身遭惨，服旬崇禹命已倾。

两国君臣空望眼，七年羑里屈孤贞。

上天有意倾人国，致使纷纷祸乱生。

且不题二侯家将星夜逃回，报与二侯之子去了。且说纣王次日升显庆殿，有亚相比干具奏，收二臣之尸，放姬昌归国。天子准奏。比干领旨出朝。旁有费仲谏曰：『姬昌外若忠诚，内怀奸诈，以利口而惑众臣。面是心非，终非良善。恐放姬昌归国，反构东鲁姜文焕、南都鄂顺兴兵扰乱天下，军有持戈之苦，将有披甲之艰，百姓惊慌，都城扰攘，诚所谓纵龙入海，放虎归山，必生后悔。』王曰：『诏赦已出，众臣皆知，岂有出乎反乎之理。』费仲奏曰：『臣有一计，可除姬昌。』王曰：『计将何出？』费仲对曰：『既赦姬昌，必拜阙方归故土，百官也要与姬昌饯行。臣去探其虚实，若昌果有真心为国，陛下赦之；若有欺诳，即斩昌首以除后患。』王曰：『卿言是也。』

且说比干出朝，径至馆驿来看姬伯。左右通报。姬昌出门迎接，叙礼坐下。比干曰：『不才今日便殿见驾奏王，为收二侯之尸，释君侯归国。』姬昌拜谢曰：『老殿下厚德，姬昌何日能报再造之恩！』比干复前执手低言曰：『国内已无纲纪，今无故而杀大臣，皆非吉兆。贤侯明日拜阙，急宜早行，迟则恐奸佞忌刻，又生他变。至嘱，至嘱！』姬昌欠身谢曰：『丞相之言，真为金石。盛德岂敢有忘！』次日早临午门，望阙拜辞谢恩，姬昌随带家将，竟出西门，来到十里长亭。百官钦敬，武成王黄飞虎、微子、箕子、比干等俱在此伺候多时。姬昌下马。黄飞虎与微子慰劳曰：『今日贤侯归国，不才等具有水酒一杯，一来为君侯荣饯，尚有一言奉渎。』昌曰：『愿闻。』微子曰：『虽然天子有负贤侯，望乞念先君之德，不可有失臣节，妄生异端，则不才辈幸甚，万民幸甚！』昌顿首谢曰：『感天子赦罪之恩，蒙列位再生之德，昌虽没齿，不能报天子之德，岂敢有他念哉。』百官执杯把盏。姬伯量大，有百杯之饮，正所谓『知己到来言不尽』，彼此更觉绸缪，一时便不能舍。正欢饮之间，只见费仲、尤浑乘马而来，自具酒席，也来与姬伯饯别。百官一见费、尤二人至，便有几分不悦，个个抽身。姬昌谢曰：『二位大人，昌有何能，荷蒙远饯！』费仲曰：『闻贤侯荣归，卑职特来饯别，有事来迟，望乞恕罪。』姬昌乃仁德君子，待人心实，哪有虚意？一见二人殷勤，便自喜悦。然百官畏此二人，俱先散了，只他三人把盏。酒过数巡，费、尤二人曰：『取大杯来。』二人满斟一杯，奉与姬伯。姬伯接酒，欠身谢曰：『多承大德，何日衔环！』一饮而尽。姬伯量大，不觉连饮数杯。费仲曰：『请问贤侯，仲常闻贤侯能演先天数，其应果否无差？』姬昌答曰：『阴阳之理，自有定数，岂得无准。但人能反此以作，善趋避之，亦能逃越。』仲复问曰：『若当今天子所为皆错乱，不识将来究竟可预闻乎？』此时姬伯酒已半酣，却忘记此二人来意，一听得问天子休咎，便蹙额欷歔，叹曰：『国家气数黯然，只此一传而绝，不能善其终。今天子所为如此，是速其败也。臣子安忍言之哉！』姬伯叹毕，不觉凄然。仲又问曰：『其数应在何年？』姬伯曰：『不过四七年间，戊午岁中甲子而已。』费、尤二人俱咨嗟长叹，复以酒酬西伯。少顷，二人又问曰：『不才二人，亦求贤侯一数，看我等终身何如？』姬伯原是贤人君子，哪知虚伪，即袖演一数，便沉吟良久，曰：『此数甚奇甚怪！』费、尤二人笑问曰：『如何？不才二人数内有甚奇怪？』昌曰：『人之死生，虽有定数，或瘫痨鼓膈，百般杂症，或五刑水火，绳缢跌扑，非命而已。不似二位大夫，死得蹊蹊跷跷，古古怪怪。』费、尤二人笑问曰：『毕竟如何？列于何地？』昌曰：『将来不知何故，被雪水渰身，冻在冰内而死。』——后来姜子牙冰冻岐山，拿鲁雄，捉此二人，祭封神台。此是后事。表过不题。二人听罢，含笑曰：『「生有时辰死有地」，也自由他。』三人复又畅饮。费、尤二人乃乘机诱之曰：『不知贤侯平日可曾演得自己究竟如何？』昌曰：『这平昔我也曾演过。』费仲曰：『贤侯祸福何如？』昌曰：『不才还讨得个善终正寝。』费、尤二人复虚言庆慰曰：『贤侯自是福寿双全。』西伯谦谢。三人又饮数杯。费、尤二人曰：『不才朝中有事，不敢久羁。贤侯前途保重！』各人分别。费、尤二人在马上骂曰：『这老畜生！自己死在目前，反言善终正寝。我等反寒冰冻死。分明骂我等。这样可恶！』正言话间，已至午门，下马，便殿朝见天子。王问曰：『姬昌可曾说甚么？』二臣奏曰：『姬昌怨忿，乱言辱君，罪在大不敬。』纣王

大怒曰：『这匹夫！朕赦汝归国，到不感德，反行侮辱，可恶！他以何言辱朕？』二人复奏曰：『他曾演数，言国家只此一传而绝，所延不过四七之年；又道陛下不能善终。』纣王怒骂曰：『你不问这老匹夫死得何如？』费仲曰：『臣二人也问他，他道善终正寝。大抵姬昌乃利口妄言，惑人耳目，即他之死生出于陛下，尚然不知，还自己说善终。这不是自家哄自家！即臣二人叫他演数，他言臣二人冻死冰中。只臣莫说托陛下福荫，即系小民，也无冻死冰中之理。即此皆系荒唐之说，虚谬之言，惑世诬民，莫此为甚。陛下速赐施行！』王曰：『传朕旨，命晁田赶去拿来，即时枭首，号令都城，以戒妖言！』晁田得旨追赶。不表。

且说姬昌上马，自觉酒后失言，忙令家将：『速离此间，恐后有变。』众皆催动，迤逦而行。姬伯在马上自思：『吾演数中，七年灾迍，为何平安而返。必是此间失言，致有是非，定然惹起事来。』正迟疑间，只见一骑如飞赶来。及到面前，乃是晁田也。晁田大呼曰：『姬伯！天子有旨，请回！』姬伯回答曰：『晁将军，我已知道了。』姬伯乃对众家将曰：『吾今灾至难逃；你们速回。我七载后自然平安归国。着伯邑考上顺母命，下和弟兄，不可更四岐规矩。再无他说，你们去罢！』众人洒泪回西岐去了。姬昌同晁田回朝歌来。有诗曰：

十里长亭饯酒卮，只因直语欠委蛇。
若非天数羁羑里，焉得姬侯赞伏羲。

话说姬昌同晁田往午门来，就有报马飞报黄飞虎。飞虎大惊，沉思：『为何去而复返！莫非费、尤两个奸逆坐害

姬昌。』令周纪：『快请各位老殿下，速至午门！』周纪去请。黄飞虎随上坐骑，急急来到午门。时姬昌已在午门候旨。飞虎忙问曰：『贤侯去而复返者何也？』昌曰：『圣上召回，不知何事。』却说晁田见驾回旨。纣王大怒，叫：『速召姬昌！』姬昌至丹墀，俯伏奏曰：『荷蒙圣恩，释臣归国；今复召臣回，不知圣意何故？』王大骂曰：『老匹夫！释你归国，不思报效君恩，而反侮辱天子，尚有何说。』姬昌奏曰：『臣虽至愚，上知有天，下知有地，中知有君，生身知有父母，训教知有师长，「天、地、君、亲、师」五字，臣时刻不敢有忘，怎敢侮辱陛下，甘冒万死。』王怒曰：『你还在此巧言强辩！你演甚么先天数，辱骂朕躬，罪在不赦！』昌奏曰：『先天神农、伏羲演成八卦，定人事之吉凶休咎，非臣故捏。臣不过据数而言，岂敢妄议是非。』王曰：『你试演朕一数，看天下如何？』昌奏曰：『前演陛下之数不吉，故对费仲、尤浑二大夫言；即曰不吉，并不曾言甚么是非。臣安敢妄议。』纣王立身大呼曰：『你道朕不能善终，你自夸寿终正寝，非侮君而何！此正是妖言惑众，以后必为祸乱。朕先教你先天数不验，不能善终！』传旨：『将姬昌拿出午门枭首，以正国法！』左右才待上前，只见殿外有人大呼曰：『陛下！姬昌不可斩！臣等有谏章。』纣王急视，见黄飞虎、微子等七位大臣进殿俯伏，奏曰：『陛下天赦姬昌还国，臣民仰德如山。且昌先天数乃是伏羲先圣所演，非姬昌捏造。若是不准，亦是据数推详；若是果准，姬昌亦是直言君子，不是狡诈小人。陛下亦可赦其小过。』王曰：『骋自己之妖术，谤主君以不堪，岂得赦其无罪！』比干奏曰：『臣等非为姬昌，实为国也。今陛下斩姬昌事小，社稷安危事大。姬昌素有令名，为诸侯瞻仰，军民钦服。且昌先天数，据理直推，非是妄

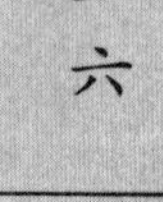

太乙真人接玉札，望玉虚宫拜罢。

捏。如果圣上不信，可命姬昌演目下凶吉。如准，可赦姬昌；如不准，即坐以捏造妖言之罪。』纣王见大臣力谏，只得准奏，命姬昌演目下吉凶。昌取金钱一晃，大惊曰：『陛下，明日太庙火灾，速将宗社神主请开，恐毁社稷根本！』王曰：『数演明日，应在何时？』昌曰：『应在午时。』王曰：『既如此，且将姬昌发下囹圄，以候明日之验。』众官同出午门。姬伯感谢七位殿下。黄飞虎曰：『贤侯，明日颠危，必须斟酌！』姬昌曰：『且看天数如何。』众官散罢。不题。

且言纣王谓费仲曰：『姬昌言明日太庙火灾，若应其言，如之奈何？』尤浑奏曰：『传旨，明日令看守太庙宫官仔细防闲，亦不必焚香，其火从何而至。』王曰：『此言极善。』天子回宫。费、尤二人也出朝。不表。

且言次日，武成王黄飞虎约七位殿下俱在王府，候午时火灾之事，命阴阳官报时刻。阴阳官报：『禀上众老爷，正当午时了。』众官不见太庙火起，正在惊慌之际，只听半空中霹雳一声，山河振动。忽见阴阳

官来报：『禀上众老爷，太庙火起！』比干叹曰：『太庙灾异，成汤天下必不久矣！』众人齐出王府看火。好火！但见：

此火本原生于石内，其实有威有雄，坐居离地东南位，势转丹砂九鼎中。此火乃燧人氏出世，刻木钻金，旋坤转乾。八卦内只他有威，五行中独他无情。朝生东南，照万物之光辉；暮落西北，为一世之混沌。火起处，滑剌剌闪电飞腾；烟发时，黑沉沉遮天蔽日。看高低，有百丈雷声；听远近，发三千火炮。黑烟铺地，百忙里走万道金蛇；红焰冲空，霎时间有千团火块。狂风助力，金钉朱户一时休；恶火飞来，碧瓦雕檐捻指过。火起千条焰，星洒满天红。都城齐呐喊，轰动万民惊。

数演先天莫浪猜，成汤宗庙尽成灰。
老天已定兴衰事，算不由人枉自谋。

话说纣王在龙德殿，正聚文武商议时，只见奉御官来奏：『果然午时太庙火起！』只吓得天子魂飞天外，魄散九霄；两个奸臣肝胆尽裂——姬昌真圣人也。纣王曰：『姬昌之数今果有应验。大夫，如何处之？』费、尤二臣奏曰：『虽然姬昌之数偶验，适逢其时，岂得骤赦归国！陛下恐众大臣有所谏阻，只赦放姬昌，须……如此如此，天下可安，强臣无虑。此四海生民之福也。』王曰：『卿言甚善。』言未毕，微子、比干、黄飞虎等朝见毕。比干奏曰：『今日太庙火灾，姬昌之数果验。望陛下赦昌直言之罪。』王曰：『昌数果应，赦其死罪，不赦归国；暂居羑里，待

后国事安宁，方许归国。』比干等谢恩而出，俱至午门。比干对昌言曰：『为贤侯特奏天子，准赦死罪，不赦还国，暂居羑里月余。贤侯且自宁耐，俟天子转日回天，自然荣归故地。』姬昌顿首谢曰：『今日天子禁昌羑里，何处不是浩荡之恩，怎敢有违？』飞虎又曰：『贤侯不过暂居月余，不才等逢机构会，自然与贤侯力为挽回，断不令贤侯久羁此地耳。』姬昌谢过众人，随在午门望阙谢恩，即同押送官往羑里来。羑里军民父老牵羊担酒，拥道跪迎。父老言曰：『羑里今得圣人一顾，万物生光。』欢声杂地，鼓乐惊天，迎进城郭。押送官叹曰：『圣人心同日月，普照四方，今日观百姓迎接姬伯，非伯之罪可知。』姬昌进了府宅。押送官往都城回旨。不表。且言姬昌一至羑里，教化大行，军民乐业，闲居无事，把伏羲八卦，反复推明，变成六十四卦，中分三百六十爻象，守分安居，全无怨主之心。后人有诗赞曰：

七载艰难羑里城，卦爻一一变分明。

玄机参透先天秘，万古留传大圣名。

话表纣王囚禁大臣，全无忌惮。一日，报到元戎府。黄飞虎看报，见反了东伯侯姜文焕，领四十万人马，兵取游魂关；又反了南伯侯鄂顺，领人马二十万取三山关；天下已反了四百镇诸侯。黄飞虎叹曰：『三镇兵起，天下慌慌，生民何日得安！』忙发令箭，令将紧守关隘。此话不表。

且言乾元山金光洞太乙真人，因神仙一千五百年犯了杀戒，乃年积月累，天下大乱一场，然后复定。一则姜子牙该斩将封神，成汤天下该灭，周室将兴，因此玉虚宫住讲道教。太乙真人闲坐洞中，只听昆仑山玉虚宫白鹤童子持玉札到山。太乙真人接玉札，望玉虚宫拜罢。白鹤童子曰：『姜子牙不久下山，请师叔把灵珠子送下山去。』太乙真人曰：『我已知道了。』白鹤童子回去。不表。太乙真人送这一位老爷下山。不知后事如何，且听下回分解。

第十二回　陈塘关哪吒出世

诗曰：

金光洞里有奇珍，降落尘寰辅至仁。

周室已生佳气色，商家应自灭精神。

从来泰运多梁栋，自古昌期有劫磷。

戊午时中逢甲子，慢嗟朝野尽沉沦。

话说陈塘关有一总兵官，姓李，名靖，自幼访道修真，拜西昆仑度厄真人为师，学成五行遁术。因仙道难成，故遣下山辅佐纣王，官居总兵，享受人间之富贵。元配殷氏，生有二子：长曰金吒，次曰木吒。殷夫人后又怀孕在身，已及三年零六个月，尚不生产。李靖时常心下忧疑。一日，指夫人之腹，言曰：『孕怀三载有余，尚不降生，非妖即怪。』夫人亦烦恼曰：『此孕定非吉兆，教我日夜忧心。』李靖听说，心下甚是不乐。当晚夜至三更，夫人睡得正浓，梦见一道人，头挽双髻，身着道服，径进香房。夫人叱曰：『这道人甚不知理。此乃内室，如何径进，着实可恶！』道人曰：『夫人快接麟儿！』夫人未及答，只见道人将一物往夫人怀中一送，夫人猛然惊醒，骇出一身冷汗。忙唤醒李总兵曰：『适才梦中……如此如此……』说了一遍。言未毕时，殷夫人已觉腹中疼痛。靖急起来，至前厅坐下。暗想：『怀身三年零六个月，今夜如此，莫非降生，吉凶尚未可知。』正思虑间，只见两个侍儿，慌忙前来，

『启老爷：夫人生下一个妖精来了！』李靖听说，急忙来至香房，手执宝剑，只见房里一团红气，满屋异香。有一肉球，滴溜溜圆转如轮。李靖大惊，望肉球上一剑砍去，划然有声。分开肉球，跳出一个小孩儿来，满地红光，面如傅粉，右手套一金镯，肚腹上围着一块红绫，金光射目。——这位神圣下世，出在陈塘关，乃姜子牙先行官是也；灵珠子化身。金镯是『乾坤圈』，红绫名曰『混天绫』。此物乃是乾元山镇金光洞之宝。表过不题。——只见李靖砍开肉球，见一孩儿满地上跑。李靖骇异，上前一把抱将起来，分明是个好孩子，又不忍作为妖怪坏他性命，乃递与夫人看。彼此恩爱不舍，各各忧喜。却说次日，有许多属官，俱来贺喜。李靖刚发放完毕，中军官来禀：『启老爷：外面有一道人求见。』李靖原是道门，怎敢忘本，忙道：『请来。』军政官急请道人。道人径上大厅，朝上对李靖曰：『将军，贫道稽首了。』李靖忙答礼毕，尊道人上坐。道人不谦，便就坐下。李靖曰：『老师何处名山？甚么洞府？今到此关，有何见谕？』道人曰：『贫道乃乾元山金光洞太乙真人是也。闻得将军生了公子，特来贺喜。借令公子一看，不知尊意如何？』李靖闻道人之言，随唤侍儿抱将出来。侍儿将公子抱将出来。道人接在手，看了一看，问曰：『此子落在哪个时辰？』李靖答曰：『生在丑时。』道人曰：『不好。』李靖问曰：『此子莫非养不得么？』道人曰：『非也。此子生于丑时，正犯了一千七百杀戒。』又问：『此子可曾起名否？』李靖答曰：『不曾。』道人曰：『待贫道与他起个名，就与贫道做个徒弟，何如？』李靖答曰：『愿拜道者为师。』道人曰：『将军有几位公子？』李靖答曰：『不才有三子：长曰金吒，拜五龙山云霄洞文殊广法天尊为师；次曰木吒，拜九宫山白鹤洞普贤真人为

哪吒应道：『孩儿晓得。』

师。老师既要此子为门下，但凭起一名讳，便拜道者为师。』道人曰：『此子第三，取名叫做「哪吒」。』李靖谢曰：『多承厚德命名，感谢不尽。』唤左右：『看斋。』道人乃辞曰：『这个不必。贫道有事，即便回山。』着实固辞，李靖只得送道人出府。那道人别过，径自去了。

话说李靖在关上无事，忽闻报天下反了四百诸侯。忙传令出，把守关隘，操演三军，训练士卒，谨提防野马岭要地。乌飞兔走，瞬息光阴，暑往寒来，不觉七载。哪吒年方七岁，身长六尺。时逢五月，天气炎热，李靖因东伯侯姜文焕反了，在游魂关大战窦荣，因此每日操练三军，教练士卒。不表。

且说三公子哪吒见天气暑热，心下烦躁，来见母亲，参见毕，站立一旁，对母亲曰：『孩儿要出关外闲玩一会。禀过母亲，方敢前去。』殷夫人爱子之心重，便叫：『我儿，你既要去关外闲玩，可带一名家将领你去，不可贪顽，快去快来。恐怕你爹爹操练回来。』哪吒应道：『孩儿晓得。』哪吒同家将出得关来，正是五月天气，也就着实炎热。

但见：

太阳真火炼尘埃，绿柳娇禾欲化灰。

行旅畏威慵举步，佳人怕热懒登台。

凉亭有暑如烟燎，水阁无风似火埋。

慢道荷香来曲院，轻雷细雨始开怀。

话说哪吒同家将出关，约行一里之余，天热难行。哪吒走得汗流满面，乃叫家将：『看前面树荫之下，可好纳凉？』家将来到绿柳荫中，只见薰风荡荡，烦襟尽解，急忙走回来，对哪吒禀曰：『禀公子，前面柳荫之内，甚是清凉，可以避暑。』哪吒听说，不觉大喜；便走进林内，解开衣带，舒放襟怀，甚是快乐。猛忽的见那壁厢清波滚滚，绿水滔滔，真是两岸垂杨风习习，崖旁乱石水潺潺。哪吒立起身来，走到河边，叫家将：『我方才走出关来，热极了，一身是汗。如今且在石上洗一个澡。』家将曰：『公子仔细，只怕老爷回来，可早些回去。』哪吒曰：『不妨。』脱了衣裳，坐在石上，把七尺混天绫放在水里，蘸水洗澡。不知这河是九湾河，乃东海口上。哪吒将此宝放在水中，把水俱映红了。摆一摆，江河晃动；摇一摇，乾坤动撼。那哪吒洗澡，不觉那水晶宫已晃的乱响。

不说那哪吒洗澡，且说东海敖光在水晶宫坐，只听得宫阙震响，敖光忙唤左右，问曰：『地不该震，为何宫殿

晃摇？』传与巡海夜叉李艮，看海口是何物作怪。夜叉来到九湾河一望，见水俱是红的，光华灿烂，只见一小儿将红罗帕蘸水洗澡。夜叉分水，大叫曰：『那孩子将甚么作怪东西，把河水映红，宫殿摇动？』哪吒回头一看，见水底一物，面如蓝靛，发似朱砂，巨口獠牙，手持大斧。哪吒曰：『你那畜生，是个甚东西，也说话？』夜叉大怒，『吾奉主公点差巡海夜叉，怎骂我是畜生？』分水一跃，跳上岸来，望哪吒顶上一斧劈来。哪吒正赤身站立，见夜叉来得勇猛，将身躲过，把右手套的乾坤圈望空中一举。此宝原系昆仑山玉虚宫所赐太乙真人镇金光洞之物，夜叉哪里经得起？那宝打将下来，正落在夜叉头上，只打的脑浆迸流，即死于岸上。哪吒笑曰：『把我的乾坤圈都污了。』复到石上坐下，洗那圈子。水晶宫如何经得起此二宝震撼，险些儿把宫殿俱晃倒了。敖光曰：『夜叉去探事未回，怎的这等凶恶！』正说话间，只见龙兵来报：『夜叉李艮被一孩童打死在陆地，特启龙君知道。』敖光大惊：『李艮乃灵霄殿御笔点差的，谁敢打死？』敖光传令：『点龙兵，待吾亲去，看是何人！』话未了，只见龙王三太子敖丙出来，口称：『父王，为何大怒？』敖光将李艮打死的事说了一遍。三太子曰：『父王请安。孩儿出去拿来便是。』忙调龙兵，上了逼水兽，提画杆戟，径出水晶宫来。分开水势，浪如山倒，波涛横生，平地水长数尺。哪吒起身看着水，言曰：『好大水！好大水！』只见波浪中现一水兽，兽上坐一人，全装服色，持戟骁雄，大叫曰：『是甚人打死我巡海夜叉李艮？』哪吒曰：『是我。』敖丙一见，问曰：『你是谁人？』哪吒答曰：『我乃陈塘关李靖第三子哪吒是也。俺父亲镇守此间，乃一镇之主。我在此避暑洗澡，与他无干，他来骂我，我打死了他，也无妨。』三太子敖丙大

哪吒对曰：『孩儿今日无事出关，至九湾河顽耍，偶因炎热，下水洗个澡。叵耐有个夜叉李艮，孩儿又不惹他，他百般骂我，还拿斧来劈我。是孩儿一圈打死了。不知又有个甚么三太子叫做敖丙，持画戟刺我。被我把混天绫裹他上岸，一脚踏住颈项，也是一圈，不意打出一条龙来。孩儿想龙筋最贵气，因此上抽了他的筋来，在此打一条龙筋绦，与父亲束甲。』

惊曰：『好泼贼！夜叉李艮乃天王殿差，你敢大胆将他打死，尚敢撒泼乱言！』太子将画戟便刺，来取哪吒。哪吒手无寸铁，把头一低，躲将过去，『少待动手，你是何人？通个姓名，我有道理。』敖丙曰：『孤乃东海龙君三太子敖丙是也。』哪吒笑曰：『你原来是敖光之子。你妄自尊大。若恼了我，连你那老泥鳅都拿出来，把皮也剥了他的。』三太子大叫一声：『气杀我！好泼贼！这等无礼！』又一戟刺来。哪吒急了，把七尺混天绫望空一展，似火块千团，往下一裹，将三太子裹下逼水兽来。哪吒抢一步赶上去，一脚踏住敖丙的颈项，提起乾坤圈，照顶门一下，把三太子的元身打出，是一条龙，在地上挺直。哪吒曰：『打出这小龙的本像来了。也罢，把他的筋抽去，做一条龙筋绦与俺父亲束甲。』哪吒把三太子的筋抽了，径带进关来。把家将吓得浑身骨软筋酥，腿慢难行，挨到帅府门前。哪吒来见母夫人。夫人曰：『我儿，你往哪里耍子，便去这半日？』哪吒曰：『关外闲行，不觉来迟。』哪吒说罢，往后园去了。

且说李靖操演回来，发放左右，自卸衣甲，坐于后堂。忧思纣王失政，逼反天下四百诸侯，日见生民涂炭，正在那里烦恼。

且说敖光在水晶宫，只听得龙兵来报说：『陈塘关李靖之子哪吒把三太子打死，连筋都抽去了。』敖光听报，大惊曰：『吾儿乃兴云步雨滋生万物正神，怎说打死了！李靖，你在西昆仑学道，吾与你也有一拜之交；你敢纵子为非，将我儿子打死，这也是百世之冤，怎敢又将我儿子筋都抽了！言之痛心切骨！』敖光大怒，恨不能即与其子报仇，随化一秀士，径往陈塘关来。至于帅府，对门官曰：『你与我传报，有故人敖光拜访。』军政官进内厅禀曰：『启老爷：外有故人敖光拜访。』李靖曰：『吾兄一别多年，今日相逢，真是天幸。』忙整衣来迎。敖光至大厅，施礼坐下。李靖见敖光一脸怒色，方欲动问，只见敖光曰：『李贤弟，你生的好儿子！』李靖笑答曰：『长兄，多年未会，今日奇逢，真是天幸，何故突发此言？若论小弟，止有三子：长曰金吒，次曰木吒，三曰哪吒，俱拜名山道德之士为师，虽未见好，亦不是无赖之辈。长兄莫要错见。』敖光曰：『贤弟，你错见了，我岂错见！你的儿子在九湾河洗澡，不知用何法术，将我水晶宫几乎震倒。我差夜叉来看，便将我夜叉打死。我第三子来看，又将我三太子打死，还把他筋都抽了来。』敖光说至此，不觉心酸，勃然大怒曰：『你还说不晓事护短的话！』李靖忙陪笑答曰：『不是我家，兄错怪了我。我长子在九龙山学艺；二子在九宫山学艺；三子七岁，大门不出，从何处做出这等大事来？』敖光曰：『便是你第三子哪吒打的！』李靖曰：『真是异事非常。长兄不必性急，待我教他出来你看。』李靖往后堂来。殷夫人问曰：『何人在厅上？』李靖曰：『故友敖光。不知何人打死他三太子，说是哪吒打的。如今叫他出去与他认。哪吒今在哪里？』殷夫人自思：『只今日出门，如何做出这等事来？』不敢回言，只说：『在后园里面。』李靖径进后园来叫：『哪吒在哪里？』叫了半个时辰不应。李靖径走到海棠轩来，见门又关住。李靖在门口大叫，哪吒在里面听见，忙开门来见父亲。李靖便问：『我儿，你在此作何事？』哪吒对曰：『孩儿今日无事出关，至九湾河顽耍，偶因炎热，下水洗个澡。叵耐有个夜叉李艮，孩儿又不惹他，他百般骂我，还拿斧来劈我。是孩儿一圈打死了。不知又有个甚么三太子叫做敖丙，持画戟刺我。被我把混天绫裹他上岸，一脚踏住颈项，也是一圈，不意打出一条龙来。孩儿想龙筋最贵气，因此上抽了他的筋来，在此打一条龙筋绦，与父亲束甲。』就把李靖只吓得张口如痴，结舌不语；半晌，大叫曰：『好冤家！你惹下无涯之祸。你快出去见你伯父，自回他话。』哪吒曰：『父亲放心，不知者不坐罪，筋又不曾动他的，他要，元物在此，待孩儿见他去。』

哪吒急走来至大厅，上前施礼，口称：『伯父，小侄不知，一时失错，望伯父恕罪。元筋交付明白，分毫未动。』敖光见物伤情，对李靖曰：『你生出这等恶子，你适才还说我错了。今他自己供认，只你意上可过的去！况吾子者，正神也；夜叉李艮亦系御笔点差；岂得你父子无故擅行打死！我明日奏上玉帝，问你的师父要你！』敖光径扬长去了。李靖顿足放声大哭：『这祸不小！』夫人听见前庭悲哭，忙问左右侍儿，侍儿回报曰：『今日三公子因游玩，打死龙王三太子。适才龙王与老爷折辨，明日要奏准天庭。不知老爷为何啼哭。』夫人着忙，急至前庭，来看李

靖。李靖见夫人来，忙止泪，恨曰：『我李靖求仙未成，谁知你生下这样好儿子，惹此灭门之祸！龙王乃施雨正神，他妄行杀害，明日玉帝准奏施行，我和你多则三日，少则两朝，俱为刀下之鬼！』说罢又哭，情甚惨切。夫人亦泪如雨下，指哪吒而言曰：『我怀你三年零六个月，方才生你，不知受了多少苦辛。谁知你是灭门绝户之祸根也！』哪吒见父母哭泣，立身不安，双膝跪下，言曰：『爹爹，母亲，孩儿今日说了罢。我不是凡夫俗子，我是乾元山金光洞太乙真人弟子。此宝皆系师父所赐，料敖光怎的不得我。我如今往乾元山上，问我师尊，必有主意。常言道：「一人做事一人当。」岂敢连累父母？』哪吒出了府门，抓一把土，望空一洒，寂然无影。此是生来根本，借土遁往乾元山来。有诗为证，诗曰：

乾元山上叩吾生，诉说敖光东海情。

宝德门前施法力，方知仙术不虚名。

话说哪吒借土遁来至乾元山金光洞，候师法旨。金霞童儿忙启师父：『师兄候法旨。』太乙真人曰：『着他进来。』金霞童子至洞门对哪吒曰：『师父命你进去。』哪吒至碧游床倒身下拜。真人问曰：『你不在陈塘关，到此有何话说？』哪吒曰：『启老师：蒙恩降生陈塘，今已七载。昨日偶到九湾河洗澡，不意敖光子敖丙将恶语伤人，弟子一时怒发，将他伤了性命。今敖光欲奏天庭，父母惊慌，弟子心甚不安，无门可救，只得上山，恳求老师，赦弟子无知之罪，望祈垂救。』真人自思曰：『虽然哪吒无知，误伤敖丙，这是天数。今敖光虽是龙中之王，只是步雨兴云，

然上天垂象，岂得推为不知！以此一小事干渎天庭，真是不谙事体！』忙叫：『哪吒过来，你把衣裳解开。』真人以手指在哪吒前胸画了一道符录，吩咐哪吒：『你到宝德门……如此如此。事完后，你回到陈塘关与你父母说，若有事，还有师父，决不干碍父母。你去罢。』

哪吒离了乾元山，径往宝德门来。正是天宫异景非凡像，紫雾红云罩碧空。但见上天，大不相同：

初登上界，乍见天堂，金光万道吐红霓，瑞气千条喷紫雾。只见那南天门：碧沉沉琉璃造就，明晃晃宝鼎妆成。两旁有四根大柱，柱上盘绕的是兴云步雾赤须龙；正中有二座玉桥，桥上站立的是彩羽凌空丹顶凤。明霞灿烂映天光，碧雾朦胧遮斗日。天上有三十三座仙宫：遣云宫、昆沙宫、紫霄宫、太阳宫、太阴宫、化乐宫，一宫宫脊吞金獬豸；又有七十二重宝殿：乃朝会殿、凌虚殿、宝光殿、聚仙殿、传奏殿，一殿殿柱列玉麒麟。寿星台、禄星台、福星台，台下有千千年不卸奇花；炼丹炉、八卦炉、水火炉，炉中有万万载常青的绣草。朝圣殿中绛纱衣，金霞灿烂；彤廷阶下芙蓉冠，金碧辉煌。灵霄宝殿，金钉攒玉户；积圣楼前，彩凤舞朱门。伏道回廊，处处玲珑剔透；三檐四簇，层层龙凤翱翔。上面有紫巍巍、明晃晃、圆丢丢、光灼灼、亮铮铮的葫芦顶；左右是紧簇簇、密层层、响叮叮、滴溜溜、明朗朗的玉佩声。正是：天宫异物般般有，世上如他件件稀。金阙银鸾并紫府，奇花异草暨瑶天。朝王玉兔坛边过，参圣金乌着底飞。若人有福来天境，不堕人间免污泥。

哪吒到了宝德门，来的尚早，不见敖光；又见天宫各门未开，哪吒站立在聚仙门下。不多时，只见敖光朝服叮哨，径至南天门。只见南天门未开。敖光曰：『来早了，黄巾力士还不曾至，不免在此间等候。』哪吒看见敖光；敖光看不见哪吒——哪吒是太乙真人在他前心书了符箓，名曰『隐身符』，故此敖光看不见哪吒。哪吒看见敖光在此等候，心中大怒，撒开大步，提起手中乾坤圈，把敖光后心一圈，打了个饿虎扑食，跌倒在地。哪吒赶上去，一脚踏住后心。不知敖光性命如何，且听下回分解。

第十三回　太乙真人收石矶

诗曰：

天然顽石得机先，结就灵胎已万年。
吸月餐星探地窟，填离取坎伏天乾。
慢跨步雾兴云术，且听吟龙啸虎仙。
劫火运逢难措手，须知邪正有偏全。

话说哪吒在宝德门将敖光踏住后心，敖光扭颈回头看时，认得是哪吒，不觉勃然大怒，况又被他打倒，用脚踏住，挣持不得，乃大骂曰：『好大胆泼贼！你黄牙未退，奶毛未干，骋凶将御笔钦点夜叉打死，又将我三太子打死，他与你何仇，你敢将他筋俱抽去！这等凶顽，罪已不赦。今又敢在宝德门外，毁打兴云步雨正神。你欺天罔上，虽碎醢汝尸，不足以尽其辜！』哪吒被他骂得性起，恨不得就要一圈打死他，奈太乙真人吩咐，只是按住他道：『你叫，你叫，我便打死你这老泥鳅也无甚大事！我不说，你也不知我是谁。吾非别人，乃乾元山金光洞太乙真人弟子灵珠子是也。奉玉虚宫法牒，脱化陈塘关李门为子。因成汤合灭，周室当兴，姜子牙不久下山，吾乃是破纣辅周先行官是也。偶因九湾河洗澡，你家人欺负我；是我一时性急，便打死他二命，也是小事。你就上本。我师父说来，就连你这老蠢物都打死了，也不妨事。』敖光听罢，骂曰：『好孺子！打的好！打的好！』哪吒曰：『你

话说哪吒借土遁来至乾元山金光洞，候师法旨。金霞童儿忙启师父：“师兄候法旨。”太乙真人曰：“着他进来。”金霞童子至洞门对哪吒曰：“师父命你进去。”哪吒至碧游床倒身下拜。

要打，就打你。”拎起拳来，或上或下，乒乒乓乓，一气打有一二十拳。打的敖光喊叫。哪吒道：“你这老蠢才，乃顽皮；不要打你，你是不怕的。”古云：“龙怕揭鳞，虎怕抽筋。”哪吒将敖光朝服一把拉去了半边，左胁下露出鳞甲。哪吒用手连抓数把，抓下四五十片鳞甲，鲜血淋漓，痛伤骨髓。敖光疼痛难忍，只叫“饶命！”哪吒曰：“你要我饶命，我不许你上本，跟我往陈塘关去，我就饶你。你若不依，一顿乾坤圈打死你，料有太乙真人作主，我也不怕你。”敖光遇着恶人，莫敢谁何，只得应承：“愿随你去！”哪吒曰：“放你起来。”敖光起来，正欲同行，哪吒曰：“尝闻龙会变化，要大便撑天柱地，要小便芥子藏身。我怕你走了，往何处寻你。你变一个小小蛇儿，我带你回去。”敖光不得脱身，没奈何，只得化一个小青蛇儿。哪吒拿来放在袖里，离了宝德门，往陈塘关来，时刻便至帅府。家将忙报李靖曰：“三公子回府了。”李靖闻言，甚是不乐。只见哪吒进府来谒见父亲。见李靖眉锁春山，愁容可掬，上前请罪。李靖问曰：“你往哪里去

来？』哪吒曰：『孩儿往南天门去，请回伯父敖光不必上本。』李靖大喝一声：『你这说谎畜生！你是何等之辈，敢往天界。俱是一派诳言，瞒昧父母，甚是可恼！』哪吒曰：『父亲不必大怒，现在伯父敖光可证。』李靖曰：『你尚胡说！伯父如今在哪里？』哪吒曰：『在这里。』袖内取出青蛇，望下一丢，敖光一阵清风，见化成人形。李靖吃了一惊，忙问曰：『长兄为何如此？』敖光大怒，把南天门毁打之事，说了一遍；又把胁下鳞甲把与李靖观看：『你生这等恶子，我把四海龙王齐约到灵霄殿，申明冤枉，看你如何理说！』说罢，化一阵清风去了。李靖顿足曰：『此事愈反加重，如何是好？』哪吒近前，跪而禀曰：『老爷，母亲，只管放心。孩儿求救师父，师父说我不是私投胎至此，奉玉虚宫符命来保明君。连四海龙王，便都坏了，也不妨甚么事。若有大事，师父自然承当。父亲不必挂念。』李靖乃道德之士，亦明玄中奥妙，又见哪吒南天门打敖光的手段，既上得天曹，其中必有原故。殷夫人终是爱子之心，见哪吒站立旁边，李靖烦恼，有恨儿子之意，夫人曰：『你还在这里，不往后边去！』哪吒听母命，径往后园来。坐了一会，心上觉闷，乃出后园门，径上陈塘关的城楼上来纳凉。此时天气甚热，此处不曾到过，只见好景致：瞧瞧荡荡，绿柳依依，观望长空，果然似一轮火盖。正是：行人满面流珠落，避暑闲人把扇摇。哪吒看了一回，自言曰：『从不知道这个所在好顽耍！』只见兵器架上有一张弓，名曰乾坤弓；有三枝箭，名曰震天箭。哪吒自思：『师父说我后来做先行官，破成汤天下，如今不习弓马，更待何时。况且有现成弓箭，何不演习演习。』哪吒心下甚是欢喜，便把弓拿在手中，取一枝箭，搭箭当弦，望西南上一箭射去。响一声，红光缭绕，瑞

彩盘旋。这一箭不当紧，正是：沿河撒下钩与线，从今钓出是非来。哪吒不知此弓箭乃镇陈塘关之宝，乾坤弓，震天箭，自从轩辕黄帝大破蚩尤，传留至今，并无人拿的起来。今日哪吒拿起来，射了一箭，只射到骷髅山白骨洞，有一石矶娘娘的门人，名曰碧云童子，携花篮采药，来至山崖之下，被这一箭正中咽喉，翻身倒地而死。少时，只见彩云童子看见碧云中箭而死，急忙报与石矶娘娘曰：『师兄不知何故，箭射咽喉而死。』石矶娘娘听说，走出洞来，行至崖边，看见碧云童儿，果然中箭而死。只见翎花下有名讳『镇陈塘关总兵李靖』字号。石矶娘娘怒曰：『李靖，你不能成道，我在你师父前着你下山，求人间富贵，你今位至公侯，不思报德，后将箭射我的徒弟，恩将仇报。』叫：『彩云童儿看着洞府，待我拿李靖来，以报此恨。』

石矶娘娘乘青鸾而来，只见金霞荡荡，彩雾绯绯，正是：仙家妙用无穷尽，咫尺青鸾到此关。娘娘在半空中大呼：『李靖出来见我！』李靖不知道是谁人叫，急出来看时，像似石矶娘娘。李靖倒身下拜，『弟子李靖拜见。不知娘娘驾至，有失迎迓，望乞恕罪。』娘娘曰：『你行的好事！尚在此巧语花言。』将八卦云光帕——上面有坎离震兑之玉，包罗万象之珍。——望下一丢，命黄巾力士：『将李靖拿进洞府来！』黄巾力士平空把李靖拿去，至白骨洞放下。娘娘离了青鸾，坐在蒲团之上。力士将李靖拿至面前跪下。石矶娘娘曰：『李靖，你仙道未成，已得人间富贵，你却亏了何人。今不思报本，反起歹意，将我徒弟碧云童儿射死，有何理说？』李靖不知何事，真是平地风波。李靖曰：『娘娘，弟子今得何罪？』娘娘曰：『您恩将仇报，射死我门人，你还故推

哪吒到了宝德门，来的尚早，不见敖光；又见天宫各门未开，哪吒站立在聚仙门下。不多时，只见敖光朝服叮当，径至南天门。只见南天门未开。敖光曰：『来早了，黄巾力士还不曾至，不免在此间等候。』

不知？』李靖曰：『箭在何处？』娘娘命：『取箭来与他看。』李靖看时，却是震天箭。李靖大惊曰：『这乾坤弓，震天箭，乃轩辕皇帝传留，至今镇陈塘关之宝，谁人拿得起来。这是弟子运乖时蹇，异事非常。望娘娘念弟子无辜被枉，冤屈难明，放弟子回关，查明射箭之人，待弟子拿来，以分皂白，庶不冤枉无辜。如无射箭之人，弟子死甘瞑目。』石矶娘娘曰：『既如此，我且放你回去。你若查不出来，我问你师父要你！你且去。』

李靖连箭带回，借土遁来至关前；收了遁法，进了帅府。殷夫人不知何故，见李靖平空拎去，正在惊慌之处，李靖回见夫人。夫人曰：『将军为甚事平空摄去？使妾身惊慌无地。』李靖顿足叹曰：『夫人，我李靖居官二十五载，谁知今日运蹇时乖。关上敌楼有乾坤弓，震天箭，乃镇压此关之宝；不知何人将此箭射去，把石矶娘娘徒弟射死。箭上是我官衔，方才被他拿去，要我抵偿性命。被我苦苦哀告，回来访是何人，拿去见他，方能与我明白。』李靖又曰：『若论此弓箭，别人也

拿不动，莫非又是哪吒？』夫人曰：『岂有此理！难道敖光事未了，他又敢惹这是非！就是哪吒，也拿不起来。』李靖沉思半晌，计上心来，叫左右侍儿：『请你三公子来。』不一时，哪吒来见，站立一旁。李靖曰：『你说你有师父承当，叫你辅弼明君，你如何不去学习些弓马，后来也好去用力。』哪吒曰：『孩儿奋志如此。才偶在城敌楼上，见弓箭在此，是我射了一箭，只见红光缭绕，紫雾纷霏，把一枝好箭射不见了。』就把李靖气得大叫一声：『好逆子！你打死三太子，事尚未定，今又惹这等无涯之祸！』夫人默默无言。哪吒不知真情，便问：『为何？又有甚么事？』李靖曰：『你方才一箭，射死石矶娘娘的徒弟。娘娘拿了我去，被我说过，放我回来，寻访射箭之人，原来却是你！你自去见娘娘回话！』哪吒笑曰：『父亲且息怒。石矶娘娘在哪里住？他的徒弟在何处？我怎样射死他？平地赖人，其心不服。』李靖说：『石矶娘娘在骷髅山白骨洞，你既射死他徒弟，你去见他！』哪吒曰：『父亲此言有理，同到甚么白骨洞，若还不是我，打他个搅海翻江，我才回来。父亲请先行，孩儿随后。』父子二人驾土遁往骷髅山来：

箭射金光起，红云照太虚。
真人今出世，帝子已安居。
莫浪夸仙术，须知念玉书。
万邪难克正，不免破三军。

话说李靖到了骷髅山，吩咐哪吒：『站立在此，待我进去，回了娘娘法旨。』哪吒冷笑：『我在那里，平空赖我，看他如何发付我。』且言李靖进洞中，参见娘娘。娘娘曰：『是何人射死碧云童儿？』李靖启娘娘：『就是李靖所生逆子哪吒。弟子不敢有违，已拿在洞府前，听候法旨。』娘娘命彩云童儿：『着他进来！』

只见哪吒看见洞里一人出来，自想：『打人不过先下手。此间是他巢穴，反为不便。』拎起乾坤圈，一下打将来。彩云童儿不曾提防，夹颈一圈，『呵呀』一声，跌倒在地。彩云童儿彼时一命将危。娘娘听得洞外跌得人响，急出洞来，彩云童儿已在地下挣命。娘娘曰：『好孽障！还敢行凶，又伤我徒弟！』哪吒见石矶娘娘带鱼尾金冠，穿大红八卦衣，麻履丝绦，手提太阿剑赶来。哪吒收回圈，复打一圈来。娘娘看是太乙真人的乾坤圈，『呀！原来是你！』娘娘用手接住乾坤圈。哪吒大惊，忙将七尺混天绫来裹娘娘。娘娘大笑，把袍袖望上一迎，只见混天绫轻轻的落在娘娘袖里。娘娘叫：『哪吒，再把你师父的宝贝用几件来，看我道术如何！』哪吒手无寸铁，将何物支持，只得转身就跑。娘娘叫：『李靖，不干你事。你回去罢。』不言李靖回关，且说石矶娘娘赶哪吒，飞云掣电，雨骤风驰，赶彀多时，哪吒只得往乾元山来。到了金光洞，慌忙走进洞口，望师父下拜。真人问曰：『哪吒为何这等慌张？』哪吒曰：『石矶娘娘赖弟子射死他的徒弟，提宝剑前来杀我，把师父的乾坤圈、混天绫都收去了。如今赶弟子不放，现在洞外。弟子没奈何，只得求见师父，望乞救命！』太乙真人曰：『你这孽障，且在后桃园内，待我出去看。』真人出来，身倚洞门，只见石矶满面怒色，手提宝剑，恶狠狠赶来，见太乙真人，打稽首：『道兄请了！』太乙真人答

礼。石矶曰：『道兄，你的门人仗你道术，射死贫道的碧云童儿，打坏了彩云童子，还将乾坤圈、混天绫来伤我。道兄，好好把哪吒叫他出来见我，还是好面相看，万事俱息；若道兄隐护，只恐明珠弹雀，反为不美。』真人曰：『哪吒在我洞里，要他出来不难，你只到玉虚宫，见吾掌教老师。他教与你，我就与你。哪吒奉御敕钦命出世，辅保明君，非我一己之私。』娘娘笑曰：『道兄差矣！你将教主压我，难道你纵徒弟行凶，杀我的徒弟，还将大言压我。难道我不如你，我就罢了！你听我道来：

道德森森出混元，修成乾建得长存。
三花聚顶非闲说，五气朝元岂浪言。
闲坐苍龙归紫极，喜乘白鹤下昆仑。
休将教主欺吾党，劫运回环已万源。』

话说太乙真人曰：『石矶，你说你的道德清高，你乃截教，吾乃阐教，因吾辈一千五百年不曾斩却三尸，犯了杀戒，故此降生人间，有征诛杀伐，以完此劫数。今成汤合灭，周室当兴，玉虚封神，应享人间富贵。当时三教佥押「封神榜」，吾师命我教下徒众，降生出世，辅佐明君。哪吒乃灵珠子下世，辅姜子牙而灭成汤，奉的是元始掌教符命。就伤了你的徒弟，乃是天数。你怎言包罗万象，迟早飞升。似你等无忧无虑，无辱无荣，正好修持；何故轻动无名，自伤雅道。』石矶娘娘忍不住心头火，喝曰：『道同一理，怎见高低？』太乙真人曰：『道虽一理，各有所陈。

你且听吾分剖：

交光日月炼金英，一颗灵珠透室明。
摆动乾坤知道力，避移生死见功成。
逍遥四海留踪迹，归在三清立姓名。
直上五云云路稳，紫鸾朱鹤自来迎。』

石矶娘娘大怒，手执宝剑望真人劈面砍来。太乙真人让过，抽身复入洞中，取剑挂在手上，暗袋一物，望东昆仑山下拜，『弟子今在此山开了杀戒。』拜罢，出洞指石矶曰：『你根源浅薄，道行难坚，怎敢在我乾元山自恃凶暴！』石矶又一剑砍来。太乙真人用剑架住，口称：『善哉！』——石矶乃一顽石成精，采天地灵气，受日月精华，得道数千年，尚未成正果；今逢大劫，本像难存，故到此山。一则石矶数尽；二则哪吒该在此处出身。天数已定，怎能避躲。石矶娘娘与太乙真人往来冲突，翻腾数转，二剑交架，未及数合，只见云彩辉辉，石矶娘娘将八卦龙须帕丢起空中，欲伤真人。真人笑曰：『万邪岂能侵正。』真人口中念念有词，用手一指，『此物不落，更待何时？』八卦帕落将下来。石矶大怒，脸变桃花，剑如雪片。太乙真人曰：『事到其间，不得不行。』真人将身一跃，跳出圈子外来，将九龙神火罩抛起空中。石矶见罩，欲避不出，已罩在里面。

且说哪吒看见师父用此物罩了石矶，叹曰：『早将此物传我，也不费许多力气。』哪吒出洞来见师父。太乙真人

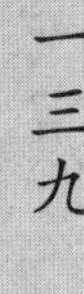

回头，看见徒弟来，『呀！这顽皮，他看见此罩，毕竟要了。但如今他还用不着，待子牙拜将之后，方可传他。』真人忙叫：『哪吒，你快去！四海龙君奏准玉帝，来拿你父母了。』哪吒听得此言，满眼垂泪，恳求真人曰：『望师父慈悲弟子一双父母！子作灾殃，遗累父母，其心何安。』道罢，放声大哭。真人见哪吒如此，乃附耳曰：『……如此如此。可救你父母之厄。』哪吒叩谢，借土遁往陈塘关来。不表。

且说太乙真人罩了石矶，石矶在罩内不知东西南北。真人用两手一拍，那罩内腾腾焰起，烈烈光生，九条火龙盘绕——此乃三昧神火烧炼石矶。一声雷响，把娘娘真形炼出，乃是一块顽石。此石生于天地玄黄之外，经过地水火风，炼成精灵；今日天数已定，合于此地而死，故现其真形。此是太乙真人该开杀戒。真人收了神火罩，又收乾坤圈、混天绫，进洞。不表。

且说哪吒飞奔陈塘关来，只见帅府前人声扰攘。众家将见公子来了，忙报李靖曰：『公子回来了。』四海龙王敖光、敖顺、敖明、敖吉正看间，只见哪吒厉声叫曰：『「一人行事一人当」，我打死敖丙、李艮，我当偿命，岂有子连累父母之理！』乃对敖光曰：『我一身非轻，乃灵珠子是也。奉玉虚符命，应运下世。我今日剖腹、剜肠、剔骨肉，还于父母，不累双亲。你们意下如何？如若不肯，我同你齐到灵霄殿见天王，我自有话说。』敖光听见此言，『也罢，你既如此救你父母，也有孝名。』。四龙王便放了李靖夫妇。哪吒便右手提剑，先去一臂膊，后自剖其腹，剜肠剔骨，散了七魄三魂，一命归泉。四龙王据哪吒之言回旨。不表。

殷夫人见哪吒尸骸，用棺木盛了埋葬。不表。

且说哪吒魂无所依，魄无所倚——他元是宝贝化现，借了精血，故有魂魄。哪吒飘飘荡荡，随风而至，径到乾元山来。不知后事如何，且听下回分解。

第十四回　哪吒现莲花化身

诗曰：

仙家法力妙难量，起死回生有异方。
一粒丹砂归命宝，几根荷叶续魂汤。
超凡不用肮脏骨，入圣须寻返魄香。
从此开疆归圣主，岐周事业借匡襄。

且说金霞童儿进洞来，启太乙真人曰：『师兄杳杳冥冥，飘飘荡荡，随风定止，不知何故。』真人听说，早解其意，忙出洞来。真人吩咐哪吒：『此处非汝定身之所。你回到陈塘关，托一梦与你母亲，离关四十里，有一翠屏山，山上有一空地，令你母亲造一座哪吒行宫，你受香烟三载，又可立于人间，辅佐真主。可速去，不得迟误！』哪吒听说，离了乾元山往陈塘关来。正值三更时分，哪吒来到香房，叫：『母亲，孩儿乃哪吒也。如今我魂魄无栖，望母亲念为儿死得好苦，离此四十里，有一翠屏山上，与孩儿建立行宫，使我受些香烟，好去托生天界。孩儿感母亲之慈德甚于天渊。』夫人醒来，却是一梦。夫人大哭。李靖问曰：『夫人为何啼哭？』夫人把梦中事说了一遍。李靖大怒曰：『你还哭他！他害我们不浅。常言「梦随心生」，只因你思想他，便有许多梦魂颠倒，不必疑惑。』夫人不言。

且说次日又来托梦；三日又来。夫人合上眼，殿下就站立面前。不觉五七日之后，哪吒他生前性格勇猛，死后魂魄也是骁雄，遂对母亲曰：『我求你数日，你全不念孩儿苦死，不肯造行宫与我，我便吵你个六宅不安！』夫人醒来，不敢对李靖说。夫人暗着心腹人，与些银两，往翠屏山兴工破土，起建行宫，造哪吒神像一座，旬月功完。哪吒在此翠屏山显圣，感动万民，千请千灵，万请万应，因此庙宇轩昂，十分齐整。但见：

行宫八字粉墙开，朱户铜环左右排。
碧瓦雕檐三尺水，数株桧柏两重台。
神厨宝座金妆就，龙凤幡幢瑞色裁。
帐幔悬钩吞半月，狰狞鬼判立尘埃。
沉檀袅袅烟结凤，逐日纷纷祭祀来。

哪吒在翠屏山显圣，四方远近居民，俱来进香，纷纷如蚁，日盛一日，往往不断。祈福禳灾，无不感应。不觉乌飞兔走，似箭光阴，半载有余。

且说李靖因东伯姜文焕为父报仇，调四十万人马，游魂关大战窦荣，荣不能取胜。李靖在野马岭操演三军，紧守关隘。一日回兵往翠屏山过，李靖在马上看见往往来来，扶老携幼，进香男女，纷纷似蚁，人烟凑积。李靖在马上问曰：『这山乃翠屏山，为何男女纷纷，络绎不绝？』军政官对曰：『半年前，有一神道在此感应显圣，千请千灵，万请万应，祈福福至，禳患患除；故此惊动四方男女进香。』李靖听罢，想起来，问中军官：『此神何姓何名？』中军回曰：『是哪吒行宫。』李靖大怒，传令：『安营！待我上山进香。』人马站立，李靖纵马往山上来进香，男女闪开。李靖纵马径至庙前，只见庙门高悬一扁，书：『哪吒行宫』四字。进得庙来，见哪吒形相如生，左右站立鬼判。李靖指而骂曰：『畜生！你生前扰害父母，死后愚弄百姓！』骂罢，提六陈鞭，一鞭把哪吒金身打的粉碎。李靖怒发，复一脚蹬倒鬼判。传令：『放火，烧了庙宇。』吩咐进香万民曰：『此非神也，不许进香。』吓得众人忙忙下山。李靖上马，怒气不息。有诗为证，诗曰：

雄兵才至翠屏疆，忽见黎民日进香。
鞭打金身为粉碎，脚蹬鬼判也遭殃。
火焚庙宇腾腾焰，烟透长空烈烈光。
只因一气冲牛斗，父子参商有战场。

话说李靖兵进陈塘关帅府下马，传令：『将人马散了。』李靖进后厅，殷夫人接见。李靖骂曰：『你生的好儿子，还遗害我不少，今又替他造行宫，煽惑良民。你要把我这条玉带送了才罢！如今权臣当道，况我不与费仲、尤浑二人交接，倘有人传至朝歌，奸臣参我假降邪神，白白的断送我数载之功。这样事俱是你妇人所为！今日我已烧毁庙宇。你若再与他起造，那时我也不与你好休！』

且不言李靖。再表哪吒那一日出神，不在行宫；及至回来，只见庙宇无存，山红土赤，烟焰未灭，两个鬼判，

含泪来接。哪吒问曰：『怎的来？』鬼判答曰：『是陈塘关李总兵突然上山，打碎金身，烧毁行宫，不知何故。』哪吒曰：『我与你无干了，骨肉还于父母，你如何打我金身，烧我行宫，令我无处栖身？』心上甚是不快。沉思良久，『不若还往乾元山走一遭。』哪吒受了半年香烟，已觉有些形声，一时到了高山，至于洞府。金霞童儿引哪吒见太乙真人。真人曰：『你不在行宫接受香火，你又来这里做甚么？』哪吒跪诉前情：『被父亲将泥身打碎，烧毁行宫。弟子无所依倚，只得来见师父，望祈怜救。』真人曰：『这就是李靖的不是。他既还了父母骨肉，他在翠屏山上，与你无干；今使他不受香火，如何成得身体。况姜子牙下山已快。也罢，既为你，就与你做件好事。』叫金霞童儿：『把五莲池中莲花摘二枝，荷叶摘三个来。』童子忙忙取了荷叶、莲花，放于地下。真人将花勒下瓣儿，铺成三才，又将荷叶梗儿折成三百骨节，三个荷叶，按上、中、下，按天、地、人。真人将一粒金丹放于居中，法用先天，气运九转，分离龙、坎虎，绰住哪吒魂魄，望荷、莲里一推，喝声：『哪吒不成人形，更待何时！』只听得响一声，跳起一个人来，面如傅粉，唇似涂朱，眼运精光，身长一丈六尺，此乃哪吒莲花化身，见师父拜倒在地。真人曰：『李靖毁打泥身之事，其实伤心。』哪吒曰：『师父在上，此仇决难干休！』真人曰：『你随我桃园里来。』真人传哪吒火尖枪，不一时已自精熟。哪吒就要下山报仇。真人曰：『枪法好了，赐你脚踏风火二轮，另授灵符秘诀。』真人又付豹皮囊，囊中放乾坤圈、混天绫、金砖一块。『你往陈塘关去走一遭。』哪吒叩首，拜谢师父，上了风火轮，两脚踏定，手提火尖枪，径往关上来。诗曰：

两朵莲花现化身，灵珠二世出凡尘。
手提紫焰蛇矛宝，脚踏金霞风火轮。
豹皮囊内安天下，红锦绫中福世民。
历代圣人为第一，史官遗笔万年新。

话说哪吒来到陈塘关，径进关来至帅府，大呼曰：『李靖早来见我！』有军政官报入府内：『外面有三公子，脚踏风火二轮，手提火尖枪，口称老爷姓讳，不知何故，请老爷定夺。』李靖喝曰：『胡说！人死岂有再生之理！』言未了，只见又一起人来报：『老爷如出去迟了，便杀进府来！』李靖大怒：『有这样事！』忙提画戟，上了青骢，出得府来。见哪吒脚踏风火二轮，手提火尖枪，比前大不相同。李靖大惊，问曰：『你这畜生！你生前作怪，死后还魂，又来这里缠扰！』哪吒曰：『李靖！我骨肉已交还与你，我与你无相干碍，你为何往翠屏山鞭打我的金身，火烧我的行宫？今日拿你，报一鞭之恨！』把枪晃一晃，劈脑刺来。李靖将画戟相迎。轮马盘旋，戟枪并举。哪吒力大无穷，三五合把李靖杀的马仰人翻，力尽筋输，汗流脊背。李靖只得望东南避走。哪吒大叫曰：『李靖休想今番饶你！不杀你决不空回！』往前赶来。不多时，看看赶上。——哪吒的风火轮快，李靖马慢。李靖心下着慌，只得下马，借土遁去了。哪吒笑曰：『五行之术，道家平常，难道你土遁去了，我就饶你！』把脚一登，驾起风火二轮，只见风火之声，如飞云掣电，望前追赶。李靖自思：『今番赶上，被他一枪刺死，如之奈何？』李靖见哪吒看看至近，正在两

难之际，忽然听得有人作歌而来，歌曰：

清水池边明月，绿杨堤畔桃花。
别是一般清味，凌空几片飞霞。

李靖看时，见一道童，顶着髿巾，道袍大袖，麻履丝绦，来者乃九公山白鹤洞普贤真人徒弟木吒是也。木吒曰：『父亲，孩儿在此。』李靖看时，乃是次子木吒，心下方安。哪吒驾轮正赶，见李靖同一道童讲话。哪吒落下轮来。木吒上前，大喝一声：『慢来！你这孽障好大胆！子杀父，忤逆乱伦。早早回去，饶你不死！』哪吒曰：『你是何人，口出大言？』木吒曰：『你连我也认不得！吾乃木吒是也。』哪吒方知是二哥，忙叫曰：『二哥，你不知其详。』哪吒把翠屏山的事细细说了一遍。『……这个是李靖的是，是我的是？』木吒大喝曰：『胡说，天下无有不是的父母！』哪吒又把『剖腹、刳肠，已将骨肉还他了，我与他无干，还有甚么父母之情！』木吒大怒曰：『这等逆子！』将手中剑望哪吒一剑砍来。哪吒枪架住曰：『木吒，我与你无仇，你站开了，待吾拿李靖报仇。』木吒大喝：『好孽障！焉敢大逆！』提剑来取。哪吒道：『这是大数造定，将生替死。』手中枪劈面交还。轮步交加，弟兄大战。哪吒见李靖站立一旁，又恐走了他，哪吒性急，将枪挑开剑，用手取金砖望空打来。木吒不提防，一砖正中后心，打了一交，跌在地下。哪吒登轮来取李靖。李靖抽身就跑。哪吒叫曰：『就赶到海岛，也取你首级来，方泄吾恨！』李靖望前飞走，真似失林飞鸟，漏网游鱼，莫知东南西北。往前又赶多时，李靖见事不好，自叹曰：『罢！罢！罢！

想我李靖前生不知作甚孽障，致使仙道未成，又生出这等冤愆。也是合该如此，不若自己将刀戟刺死，免受此子之辱。』正待动手，只见一人叫曰：『李将军切不要动手，贫道来！』信口作歌，歌曰：

野外清风拂柳，池中水面飘花。

借问安居何地？白云深处为家。

作歌者乃五龙山云霄洞文殊广法天尊，手执拂尘而来。李靖看见，口称：『老师救末将之命！』天尊曰：『你进洞去，我这里等他。』少刻，哪吒雄赳赳、气昂昂，脚踏风火轮，持枪赶至。看见一道者，怎生模样：

双抓髻，云分霭霭；水合袍，紧束丝绦。仙风道骨任逍遥，腹隐许多玄妙。玉虚宫元始门下，群仙首曾赴蟠桃。全凭五气炼成豪，天皇氏修仙养道。

话说哪吒看见一道人站立山坡上，又不见李靖。哪吒问曰：『那道者可曾看见一将过去？』天尊曰：『方才李将军进我云霄洞里去了。你问他怎的？』哪吒曰：『道者，他是我的对头。你好好放他出洞来，与你干休；若走了李靖，就是你替他戳三枪。』天尊曰：『你是何人？这等狠，连我也要戳三枪。』哪吒不知那道人是何等人，便叫曰：『吾乃乾元山金光洞太乙真人徒弟哪吒是也。你不可小觑了我。』天尊说：『自不曾听见有甚么太乙真人徒弟叫做哪吒！你在别处撒野便罢了，我这所在撒不的野。若撒一撒野，便拿去桃园内，吊三年，打二百扁拐。』哪吒哪里晓得好歹，将枪一展，就刺天尊。天尊抽身就往本洞跑。哪吒踏轮来赶。天尊回头，看见哪吒来的近了，袖中取一物，名

只听得响一声，跳起一个人来，面如傅粉，唇似涂朱，眼运精光，身长一丈六尺，此乃哪吒莲花化身，见师父拜倒在地。

曰『遁龙桩』，又名『七宝金莲』，望空丢起。只见风生四野，云雾迷空，播土扬尘，落来有声，把哪吒昏沉沉不知南北，黑惨惨怎认东西，颈项套一个金圈，两只腿两个金圈，靠着黄澄澄金柱子站着。哪吒及睁眼看时，把身子动不得了。天尊曰：『好孽障！撒的好野！』唤金吒：『把扁拐取来！』金吒忙取扁拐，至天尊面前禀曰：『扁拐在此。』天尊曰：『替我打！』金吒领师命，持扁拐把哪吒一顿扁拐，打的三昧真火七窍齐喷。天尊曰：『且住了。』同金吒进洞去了。哪吒暗想：『赶李靖到不曾赶上，到被他打了一顿扁拐，又走不得。』哪吒切齿深恨，没奈何，只得站立此间，气冲牛斗。——看官：这个是太乙真人明明送哪吒到此磨他杀性。真人已知此情。哪吒正烦恼时，只见那壁厢大袖宽袍，丝绦麻履，乃太乙真人来也。哪吒看见，叫曰：『师父！望乞救弟子一救！』连叫数声，真人不理，径进洞去了。有白云童儿报曰：『太乙真人在此。』天尊迎出洞来，对真人携手笑曰：『你的徒弟，叫我教训。』他二仙坐下。太乙真人曰：『贫道因他杀戒重了，故送他来磨其

真性；孰知果获罪于天尊。』天尊命金吒：『放了哪吒来。』金吒走到哪吒面前道：『你师父叫你。』哪吒曰：『你明明的奈何我，你弄甚么障眼法儿，把我动展不得？你还来消遣我！』金吒笑曰：『你闭了目。』哪吒只得闭着眼。金吒将灵符画毕，收了遁龙桩；哪吒急待看时，其圈、桩俱不见了。哪吒点头道：『好，好，好，今日吃了无限大亏，且进洞去，见了师父，再做处置。』二人进洞来。哪吒看见打他的道人在左边，师父在右边。太乙真人曰：『过来，与你师伯叩头！』哪吒不敢违拗师命，只得下拜。哪吒道：『谢打了。』转身又拜师父。太乙真人叫：『李靖过来。』李靖倒身下拜。真人曰：『翠屏山之事，你也不该心量窄小，故此父子参商。』哪吒在旁只气的面如火发，恨不的吞了李靖才好。二仙早解其意。真人曰：『从今父子再不许犯颜。』吩咐李靖：『你先去罢。』李靖谢了真人，径出来了。就把哪吒急的敢怒而不敢言，只在旁边抓耳揉腮，长吁短叹。真人暗笑，曰：『哪吒，你也回去罢。好生看守洞府。我与你师伯下棋，一时就来。』哪吒听见此言，心花儿也开了。哪吒曰：『弟子晓得。』忙忙出洞，踏起风火二轮，追赶李靖。往前赶有多时，哪吒看是李靖前边驾着土遁，大叫：『李靖休走，我来了！』李靖看见，叫苦曰：『这道者可为失言！既先着我来，就不该放他下山，方是为我。今没多时，便放他来赶我，这正是为人不终，怎生奈何？』只得往前避走。

却说李靖被哪吒赶的上天无路，入地无门。正在危急之际，只见山岗上有一道人，倚松靠石而言曰：『山脚下可是李靖？』李靖抬头一看，见一道人，靖曰：『师父，末将便是李靖。』道人曰：『为何慌忙？』靖曰：『哪吒话说哪吒来到陈塘关，径进关来至帅府，大呼曰：『李靖早来见我！』有军政官报入府内：『外面有三公子，脚踏风火二轮，手提火尖枪，口称老爷姓讳，不知何故，请老爷定夺。』

追之甚急，望师父垂救！』道人曰：『快上岗来，站在我后面，待我救你。』李靖上岗，躲在道人之后，喘息未定，只见哪吒风火轮响，看看赶至岗下。哪吒看见两人站立，便冷笑一番：『难道这一遭又吃亏罢！』踏着轮往岗上来。道者问曰：『来者可是哪吒？』哪吒答曰：『我便是。你这道人为何叫李靖站立在你后面？』道人曰：『你为何事赶他？』哪吒又把翠屏山的事说了一遍。道人曰：『你既在五龙山讲明了，又赶他，是你失信也。』哪吒曰：『你莫管我们。今日定要拿他，以泄我恨！』道人曰：『你既不肯，』便对李靖曰：『你就与他杀一回与我看。』李靖曰：『老师，这畜生力大无穷，末将杀他不过。』道人站起来，把李靖一口啐，把脊背上打一巴掌，『你杀与我看。有我在此，不妨事。』李靖只得持戟刺来。哪吒持火尖枪来迎。父子二人战在山岗，有五六十回合。哪吒这一回被李靖杀的汗流满面，遍体生津。哪吒遮架画戟不住，暗自沉思：『李靖原杀我不过，方才这道人啐他一口，扑他一掌，其中必定有些原故。我有道理：待我卖个破绽，一枪先

戳死道人，然后再拿李靖。』哪吒将身一跃，跳出圈子来，一枪竟刺道人。道人把口一张，一朵白莲花接住了火尖枪。道人曰：『李靖，且住了。』李靖听说，急架住火尖枪。道人问哪吒曰：『你这孽障！你父子厮杀，我与你无仇，你怎的刺我一枪！到是我白莲架住。不然我反被你暗算。这是何说？』哪吒曰：『先前李靖杀我不过，你叫他与我战，你为何啐他一口，掌他一下。这分明是你弄鬼，使我战不过他。我故此刺你一枪，以泄其忿。』道人曰：『你这孽障，敢来刺我！』哪吒大怒，把枪展一展，又劈脑刺来。道人跳开一旁，袖儿望上一举，只见祥云缭绕，紫雾盘旋，一物往下落来，把哪吒罩在玲珑塔里。道人双手在塔上一拍，塔里火发，把哪吒烧的大叫『饶命』。道人在塔外问曰：『哪吒，你可认父亲？』哪吒只得连声答应：『老爷，我认是父亲了。』道人曰：『既认父亲，我便饶你。』道人忙收宝塔。哪吒睁眼一看，浑身上下，并莫有烧坏些儿。哪吒暗思：『有这等的异事！此道人真是弄鬼！』道人曰：『哪吒，你既认李靖为父，你与他叩头。』哪吒意欲不肯，道人又要祭塔；哪吒不得已，只得忍气吞声，低头下拜，尚有不忿之色。道人曰：『还要你口称「父亲」。』哪吒不肯答应。道人曰：『哪吒，你既不称「父亲」，还是不服。再取金塔烧你！』哪吒着慌，连忙高叫：『父亲，孩儿知罪了。』哪吒口内虽叫，心上实是不服，只是暗暗切齿，自思道：『李靖，你长远带着道人走！』道人唤李靖曰：『你且跪下，我秘受你这一座金塔。如哪吒不服，你便将此塔祭起烧他。』哪吒在旁，只是暗暗叫苦。道人曰：『哪吒，你父子从此和睦，久后俱系一殿之臣，辅佐明君，成其正果，再不必言其前事。哪吒，你回去罢。』哪吒见是如此，只得回乾元山去了。李靖跪而言曰：『老爷广施道

德，解弟子之危厄，请问老爷，高姓大名？哪座名山？何处仙府？』道人曰：『贫道乃灵鹫山元觉洞燃灯道人是也。你修炼未成，合享人间富贵。今商纣失德，天下大乱，你且不必做官，隐于山谷之中，暂忘名利。待武周兴兵，你再出来立功立业。』李靖叩首在地，回关隐迹去了。——道人原是太乙真人请到此间磨哪吒之性，以认父之情。后来父子四人，肉身成圣，托塔天王乃李靖也。后人有诗曰：

黄金造就玲珑塔，万道毫光透九重。
不是燃灯施法力，天教父子复相从。

此是哪吒二次出世于陈塘关。后子牙下山，正应文王羑里七载之事。不知后节何如，且听下回分解。

第十五回　昆仑山子牙下山

诗曰：

子牙此际落凡尘，白首牢骚类野人。
几度策身成老拙，三番涉世反相嗔。
磻溪未入飞熊梦，渭水安知有瑞林。
世际风云开帝业，享年八百庆长春。

话说昆仑山玉虚宫掌阐教道法元始天尊因门下十二弟子犯了红尘之厄，杀罚临身，故此闭宫止讲；又因昊天上帝命仙首十二称臣；故此三教并谈，乃阐教、截教、人道三等，共编成三百六十五位成神，又分八部：上四部雷、火、瘟、斗，下四部群星列宿、三山五岳、步雨兴云、善恶之神。此时成汤合灭，周室当兴；又逢神仙犯戒，元始封神，姜子牙享将相之福，恰逢其数，非是偶然。所以『五百年有王者起，其间必有名世者』，正此之故。

一日，元始天尊坐八宝云光座上，命白鹤童子：『请你师叔姜尚来。』白鹤童子往桃园中来请子牙，口称：『师叔，老爷有请。』子牙忙至宝殿座前行礼曰：『弟子姜尚拜见。』天尊曰：『你上昆仑几载了？』子牙曰：『弟子三十二岁上山，如今虚度七十二岁了。』天尊曰：『你生来命薄，仙道难成，只可受人间之福。成汤数尽，周室将兴。你与我代劳，封神下山，扶助明主，身为将相，也不枉你上山修行四十年之功。此处亦非汝久居之地，可早早

收拾下山。』子牙哀告曰：『弟子乃真心出家，苦熬岁月，今亦有年。修行虽是滚芥投针，望老爷大发慈悲，指迷归觉，弟子情愿在山苦行，必不敢贪恋红尘富贵，望尊师收录。』天尊曰：『你命缘如此，必听于天，岂得违拗？』子牙恋恋难舍。有南极仙翁上前言曰：『子牙，机会难逢，时不可失；况天数已定，自难逃躲。你虽是下山，待你功成之时，自有上山之日。』子牙只得下山。子牙收拾琴剑衣囊，起身拜别师尊，跪而泣曰：『弟子领师法旨下山，将来归着如何？』天尊曰：『子今下山，我有八句钤偈，后日有验。偈曰：

二十年来窘迫联，耐心守分且安然。
磻溪石上垂竿钓，自有高明访子贤。
辅佐圣君为相父，九三拜将握兵权。
诸侯会合逢戊甲，九八封神又四年。』

天尊道罢，『虽然你去，还有上山之日。』子牙拜辞天尊，又辞众位道友，随带行囊，出玉虚宫。有南极仙翁送子牙，在麒麟崖吩咐曰：『子牙前途保重！』子牙别了南极仙翁，自己暗思：『我上无叔伯、兄嫂，下无弟妹、子侄，叫我往哪里去？我似失林飞鸟，无一枝可栖。』忽然想起：『朝歌有一结义仁兄宋异人，不若去投他罢。』子牙借土遁前来，早至朝歌。离南门三十五里，至宋家庄。子牙看门庭依旧，绿柳长存。子牙叹曰：『我离此四十载，不觉风光依旧，人面不同。』子牙到得门前，对看门的问曰：『你员外在家否？』管门人问曰：『你是谁？』子

一日，元始天尊坐八宝云光座上，命白鹤童子：『请你师叔姜尚来。』白鹤童子往桃园中来请子牙，口称：『师叔，老爷有请。』子牙忙至宝殿座前行礼曰：『弟子姜尚拜见。』

牙曰：『你只说故人姜子牙相访。』庄童来报员外：『外边有一故人姜子牙相访。』宋异人正算帐，听见子牙来，忙忙迎出庄来，口称：『贤弟，如何数十载不通音信？』子牙连应曰：『不才弟有。』二人携手相搀，至于草堂，各施礼坐下。异人曰；『常时渴慕，今日重逢，幸甚，幸甚！』子牙曰：『自别仁兄，实指望出世超凡，奈何缘浅分薄，未遂其志。今到高庄，得会仁兄，乃尚之幸。』异人忙吩咐收拾饭食，又问曰：『是斋？是荤？』子牙曰：『既出家，岂有饮酒吃荤之理。弟是吃斋。』宋异人曰：『酒乃瑶池玉液，洞府琼浆，就是神仙也赴蟠桃会，酒吃些儿无妨。』子牙曰：『仁兄见教，小弟领命。』二人欢饮。异人曰：『贤弟上昆仑多少年了？』子牙曰：『不觉四十载。』异人叹曰：『好快！贤弟在山可曾学些甚么？』子牙曰：『怎么不学？不然所作何事？』异人曰：『学些甚么道术？』子牙曰：『挑水，浇松，种桃，烧火，扇炉，炼丹。』异人笑曰：『此乃仆佣之役，何足挂齿。今贤弟既回来，不若寻些事业，何必出家。就在我家同住，不必又往别处去。我

与你相知，非比别人。』子牙曰：『正是。』异人曰：『古云：「不孝有三，无后为大。」贤弟，也是我与你相处一场，明日与你议一门亲，生下一男半女，也不失姜姓之后。』子牙摇手曰：『仁兄，此事且再议。』二人谈讲至晚，子牙就在宋家庄住下。

话说宋异人二日早起，骑了驴儿往马家庄上来议亲。异人到庄，有庄童报与马员外曰：『有宋员外来拜。』马员外大喜，迎出门来，便问：『员外是哪阵风儿刮将来？』异人曰：『小侄特来与令爱议亲。』马员外大悦，施礼坐下。茶罢，员外问曰：『贤契，将小女说与何人？』异人曰：『此人乃东海许州人氏，姓姜，名尚，字子牙，别号飞熊，与小侄契交通家，因此上这一门亲正好。』马员外曰：『贤契主亲，并无差迟。』宋异人取白金四锭以为聘资，马员外收了，忙设酒席款待异人，抵暮而散。且说子牙起来，一日不见宋异人，问庄童曰：『你员外哪里去了？』庄童曰：『早晨出门，想必讨帐去了。』不一时，异人下了牲口。子牙看见，迎门接曰：『兄长哪里回来？』异人曰：『恭喜贤弟！』子牙问曰：『小弟喜从何至？』异人曰：『今日与你议亲，正是相逢千里，会合姻缘。』子牙曰：『今日时辰不好。』异人曰：『阴阳无忌，吉人天相。』子牙曰：『是哪家女子？』异人曰：『马洪之女，才貌两全，正好配贤弟；还是我妹子，人家六十八岁黄花女儿。』异人治酒与子牙贺喜。二人饮罢，异人曰：『可择一良辰娶亲。』子牙谢曰：『承兄看顾，此德怎忘。』乃择选良时吉日，迎娶马氏。宋异人又排设酒席，邀庄前、庄后邻舍，四门亲友，庆贺迎亲。其日马氏过门，洞房花烛，成就夫妻。正是：天缘遇合，不是偶然。有诗曰：

异人曰：『不要说是你夫妻二人，就有三二十口，我也养得起。你们何必如此？』马氏曰：『伯伯虽是这等好意，但我夫妻日后也要归着，难道束手待毙。』

离却昆仑到帝邦，子牙今日娶妻房。

六十八岁黄花女，稀寿有二做新郎。

话说子牙成亲之后，终日思慕昆仑，只虑大道不成，心中不悦，哪里有心情与马氏暮乐朝欢？马氏不知子牙心事，只说子牙是无用之物。不觉过了两月。马氏便问子牙曰：『宋伯伯是你姑表弟兄？』子牙曰：『宋兄是我结义兄弟。』马氏曰：『原来如此。便是亲生弟兄，也无有不散的筵席。今宋伯伯在，我夫妻可以安闲自在；倘异日不在，我和你如何处？常言道：「人生天地间，以营运为主。」我劝你做些生意，以防我夫妻后事。』子牙曰：『贤妻说得是。』马氏曰：『你会做些甚么生意？』子牙曰：『我三十二岁在昆仑学道，不识甚么世务生意，只会编笊篱。』马氏曰：『就是这个生意也好。况后园又有竹子，砍些来，劈些篾，编成笊篱，往朝歌城卖些钱钞，大小都是生意。』子牙依其言，劈了篾子，编了一担笊篱，挑到朝歌来卖。从早至午，卖到未末申初，也卖不得一个。子牙见天色至申时，还要挑着走三十五里，腹内又

饿了，只得奔回。一去一来，共七十里路，子牙把肩头都压肿了。走到门前，马氏看时，一担去，还是一担来。正待问时，只见子牙指马氏曰：『娘子，你不贤。恐怕我在家闲着，叫我卖笊篱。朝歌城必定不用笊篱，如何卖了一日，一个也卖不得，到把肩头压肿了？』马氏曰：『笊篱乃天下通用之物，不说你不会卖，反来假抱怨！』夫妻二人语去言来，犯颜嘶嚷。宋异人听得子牙夫妇吵嚷，忙来问子牙曰：『贤弟，为何事夫妻相争？』子牙把卖笊篱事说了一遍。异人曰：『不要说是你夫妻二人，就有三二十口，我也养得起。你们何必如此？』马氏曰：『伯伯虽是这等好意，但我夫妻日后也要归着，难道束手待毙。』宋异人曰：『弟妇之言也是，何必做这个生意；我家仓里麦子生芽，可叫后生磨些面，贤弟可挑去货卖，却不强如编笊篱。』子牙把箩担收拾，后生支起磨来，磨了一担干面，子牙次日挑着进朝歌货卖。把四门都走至了，也卖不的一斤。腹内又饥，担子又重，只得出南门，肩头又痛。子牙歇下了担儿，靠着城墙坐一坐，少憩片时。自思运蹇时乖，作诗一首，诗曰：

四入昆仑访道玄，岂知缘浅不能全！

红尘黯黯难睁眼，浮世纷纷怎脱肩。

借得一枝栖止处，金枷玉锁又来缠。

何时得遂平生志，静坐溪头学老禅。

话说子牙坐了一会，方才起身。只见一个人叫：『卖面的站着！』子牙说：『发利市的来了。』歇下担子。只

见那人走到面前，子牙问曰：『要多少面？』那人曰：『买一文钱的。』子牙又不好不卖，只得低头撮面。不想子牙不是久挑担子的人，把肩担抛在地旁，绳子撒在地下；此时因纣王无道，反了东南四百镇诸侯，报来甚是紧急；武成王日日操练人马，因放散营炮响，惊了一骑马，溜疆奔走如飞。子牙弯着腰撮面，不曾提防，后边有人大叫曰：『卖面的，马来了！』子牙忙侧身，马已到了。担上绳子铺在地下，马来的急，绳子套在马七寸上，把两箩面拖了五六丈远，面都泼在地下，被一阵狂风将面刮个干净。子牙急抢面时，浑身俱是面裹了。买面的人见这等模样，就去了。子牙只得回去。一路嗟叹，来到庄前。马氏见子牙空箩回来，大喜：『朝歌城干面这等卖的。』子牙到了马氏跟前，把箩担一丢，骂曰：『都是你这贱人多事！』马氏曰：『干面卖的干净是好事，反来骂我！』子牙曰：『一担面挑至城里，何尝卖得，至下午才卖一文钱。』马氏曰：『空箩回来，想必都赊去了。』子牙气冲冲的曰：『因被马溜缰，把绳子绊住脚，把一担面带泼了一地；天降狂风，一阵把面都吹去了。都不是你这贱人惹的事！』马氏听说，把子牙劈脸一口啐道：『不是你无用，反来怨我，真是饭囊衣架，惟知饮食之徒！』子牙大怒：『贱人女流，焉敢啐侮丈夫！』二人揪扭一堆。宋异人同妻孙氏来劝：『叔叔却为何事与婶婶争竞？』子牙把卖面的事说了一遍。异人笑曰：『担把面能值几何，你夫妻就这等起来。贤弟同我来。』子牙同异人往书房中坐下。子牙曰：『承兄雅爱，提携小弟。弟时乖运蹇，做事无成，实为有愧！』异人曰：『人以运为主，花逢时发，古语有云：「黄河尚有澄清日，岂可人无得运时？」贤弟不必如此。我有许多伙计，朝歌城有三五十座酒饭店，俱是我的。待我邀众朋友来，你会他们一

会，每店让你开一日，周而复始，轮转作生涯，却不是好。』子牙作谢道：『多承仁兄抬举。』异人随将南门张家酒饭店与子牙开张。朝歌南门乃是第一个所在，近教场，各路通衢，人烟凑积，大是热闹。其日做手多宰猪羊，蒸了点心，收拾酒饭齐整，子牙掌柜，坐在里面。一则子牙乃万神总领，一则年庚不利，从早晨到巳牌时候，鬼也不上门。及至午时，倾盆大雨，黄飞虎不曾操演，天气炎热，猪羊肴馔，被这阵暑气一蒸，登时臭了，点心馊了，酒都酸了。子牙坐得没趣，叫众把持：『你们把酒肴都吃了罢，再过一时可惜了。』子牙作诗曰：

皇天生我在尘寰，虚度风光困世间。

鹏翅有时腾万里，也须飞过九重山。

当时子牙至晚回来。异人曰：『贤弟，今日生意如何？』子牙曰：『愧见仁兄！今日折了许多本钱，分文也不曾卖得下来。』异人叹曰：『贤弟不必恼，守时候命，方为君子。总来折我不多，再作区处，别寻道路。』异人怕子牙着恼，兑五十两银子，叫后生同子牙走积场，贩卖牛、马、猪、羊，『难道活东西也会臭了。』子牙收拾去买猪、羊，非止一日。那日贩买许多猪、羊，赶往朝歌来卖。此时因纣王失政，妲己残害生灵，奸臣当道，豺狼满朝，姑此天心不顺，旱潦不均，朝歌半年不曾下雨。天子百姓祈祷，禁了屠沽，告示晓谕军民人等，各门张挂。子牙失于打点，把牛、马、猪、羊往城里赶，被看门人役叫声：『违禁犯法，拿了！』子牙听见，就抽身跑了。牛马牲口，俱被入官。子牙只得束手归来。异人见子牙慌慌张张，面如土色，急问子牙曰：『贤弟为何如此？』子牙长吁叹曰：『屡蒙仁兄厚德，件件生意俱做不着，致有亏折。今贩猪羊，又失打点，不知天子祈雨，断了屠沽，违禁进城，猪、羊、牛、马入官，本钱尽绝，使姜尚愧身无地。奈何！奈何！』宋异人笑曰：『几两银子入了官罢了。何必恼他。今煮得酒一壶与你散散闷怀，到我后花园去。』——子牙时来运至，后花园先收五路神。不知后事何如，且听下回分解。

第十六回　子牙火烧琵琶精

诗曰：

妖孽频兴国势阑，大都天意久摧残。
休言怪气侵牛斗，且俟精灵杀豸冠。
千载修持成往事，一朝被获若为欢。
当时不遇天仙术，安得琵琶火后看。

话说子牙同异人来到后花园，周围看了一遍，果然好个所在。但见：

墙高数仞，门壁清幽。左边有两行金线垂杨；右壁有几株剔牙松树。牡丹亭对玩花楼，芍药圃连秋千架。荷花池内，来来往往锦鳞游；木香篷下，翩翩翻翻蝴蝶戏。正是：小园光景似蓬莱，乐守天年娱晚景。

话说异人与子牙来后园散闷，子牙自不曾到此处，看了一回，子牙曰：『仁兄，这一块空地，怎的不起五间楼？』异人曰：『起五间楼怎说？』子牙曰：『小弟无恩报兄，此处若起做楼，按风水有三十六条玉带，金带有一升芝麻之数。』异人曰：『贤弟也知风水？』子牙曰：『小弟颇知一二。』异人曰：『不瞒贤弟说，此处也起造七八次，造起来就烧了，故此我也无心起造他。』子牙曰：『小弟择一日辰，仁兄只管起造。若上梁那日，仁兄只是款待匠人，我在此替你压压邪气，自然无事。』异人信子牙之言，择日兴工破土，起造楼房。那日子时上梁，异人待匠在前堂，子牙在牡丹亭里坐定等候，看是何怪异。不一时，狂风大作，走石飞砂，播土扬尘，火光影里见些妖魅，脸分五色，狰狞怪异，怎见得：

狂风大作，恶火飞腾。烟绕处，黑雾濛濛；火起处，千团红焰。脸分五色：赤白黑色共青黄；巨口獠牙，吐放霞光千万道。风逞火势，忽喇喇走万道金蛇；火绕烟迷，赤律律天黄地黑。山红土赤，煞时间万物齐崩；闪电光辉，一会家千门尽倒。正是：妖气烈火冲霄汉，方显龙冈怪物凶。

话说子牙在牡丹亭里，见风火影里，五个精灵作怪。子牙忙披发仗剑，用手一指，把剑一挥，喝声：『孽畜不落，更待何时！』再把手一放，雷鸣空中，把五个妖物慌忙跪倒，口称：『上仙，小畜不知上仙驾临，望乞全生，施放大德！』子牙喝道：『好孽畜！火毁楼房数次，凶心不息；今日罪恶贯盈，当受诛戮。』道罢，提剑向前就斩妖怪。众怪哀告曰：『上仙，道心无处不慈悲。小畜得道多年，一时冒渎天颜，望乞怜赦。今一旦诛戮，可怜我等数年功行，付于流水！』拜伏在地，苦苦哀告。子牙曰：『你既欲生，不许在此扰害万民。你五畜受吾符命，径往西岐山，久后搬泥运土，听候所使。有功之日，自然得其正果。』五妖叩头，径往岐山去了。

不说子牙压星收妖，且说那日是上梁吉日，三更子时，前堂异人待匠，马氏同姆姆孙氏往后园暗暗的看子牙做何事。二人来至后园，只听见子牙吩咐妖怪。马氏对孙氏曰：『大娘，你听听，子牙自己说话。这样人一生不长进。说鬼话的人，怎得有升腾日子。』马氏气将起来，走到子牙面前，问子牙曰：『你在这里与谁讲话？』子牙曰：『你纣王听见火里妖精说话，吓的汗流浃背，目瞪痴呆。子牙曰：『陛下，请驾进楼，雷来了。』子牙双手齐放，只见霹雳交加，一声响亮，火灭烟消，现出一面玉石琵琶来。

女人家不知道，方才压妖。』马氏曰：『自己说鬼话，压甚么妖！』子牙曰：『说与你也不知道。』马氏正在园中与子牙分辨，子牙曰：『你那里晓得甚么？我善能风水，又识阴阳。』马氏曰：『你可会算命？』子牙曰：『命理最精，只是无处开一命馆。』正言之间，宋异人见马氏、孙氏与子牙说话，异人曰：『贤弟，方才雷响，你可曾见些甚么？』子牙把收妖之事说了一遍。异人谢曰：『贤弟这等道术，不枉修行一番。』孙氏曰：『叔叔会算命，却无处开一命馆。不知那所在有便房，把一间与叔叔开馆也好。』异人曰：『你要多少房子？朝歌南门最热闹，叫后生收拾一间房子，与子牙去开命馆，这个何难。』却说安童将南门房子不日收拾齐整，贴几幅对联，左边是『只言玄妙一团理』，右边是『不说寻常半句虚』。里边又有一对联云：『一张铁嘴，识破人间凶与吉；两只怪眼，善观世上败和兴。』上席又一幅云：『袖里乾坤大；壶中日月长。』子牙选吉日开馆。不觉光阴捻指，四、五个月不见算命卦帖的来。

只见那日有一樵子，姓刘名乾，挑着一担柴往南门来。忽然看见一命馆，刘乾歇下柴担，念对联，念到『袖里乾坤大；壶中日月长』。刘乾原是朝歌破落户，走进命馆来，看见子牙伏案而卧，刘乾把桌子一拍。子牙唬了一惊，揉眉擦眼，看时，那一人身长丈五，眼露凶光。子牙曰：『兄起课，是看命？』那人道：『先生上姓？』子牙曰：『在下姓姜，名尚，字子牙，别号飞熊。』刘乾曰：『且问先生，「袖里乾坤大，壶中日月长」，这对联怎么讲？』子牙曰：『「袖里乾坤大」乃知过去未来，包罗万象；「壶中日月长」有长生不死之术。』刘乾曰：『先生口出大言，既知过去未来，想课是极准的了。你与我一课。如准，二十文青蚨；如不准，打几拳头，还不许你在此开馆。』子牙暗想：『几个月全无生意，今日撞着这一个，又是拨嘴的人。』子牙曰：『你取下一卦帖来。』刘乾取了一个卦帖儿，递与子牙。子牙曰：『此卦要你依我才准。』刘乾曰：『必定依你。』子牙曰：『我写四句在帖儿上，只管去。』上面写着：『一直往南走，柳阴一老叟。青蚨一百二十文，四个点心，两碗酒。』刘乾看罢：『此卦不准。我卖柴二十余年，那个与我点心酒吃；论起来，你的不准。』子牙曰：『你去，包你准。』刘乾挑着柴，径往南走；果见柳树下站立一老者，叫曰：『柴来！』刘乾暗想：『好课！果应其言。』老者曰：『这柴要多少钱？』刘乾答应：『要一百文。』——少讨二十文，拗他一拗。老者看看，『好柴！乾的好，捆子大，就是一百文也罢。劳你替我拿拿进来。』刘乾把柴拿在门里，落下草叶来。刘乾爱干净，取扫帚把地下扫得光光的，方才将尖担绳子收拾停当等钱。老者出来，看见地下干净，『今日小厮勤谨。』刘乾曰：『老丈，是我扫的。』老者曰：『老哥，今日是我小儿毕

姻，遇着你这好人，又卖的好柴。』老者说罢，往里边去，只见一个孩子，捧着四个点心，一壶酒、一个碗，『员外与你吃。』刘乾叹曰：『姜先生真乃神仙也！我把这酒满满的斟一碗，那一碗浅些，也不算他准。』刘乾满斟一碗，再斟第二碗，一样不差。刘乾吃了酒，见老者出来，刘乾曰：『多谢员外。』老者拿两封钱出来，先递一百文与刘乾曰：『这是你的柴钱。』又将二十文递与刘乾曰：『今日是我小儿喜辰，这是与你做喜钱，买酒吃。』就把刘乾惊喜无地，想：『朝歌城出神仙了！』拿着尖担，径往姜子牙命馆来。早晨有人听见刘乾言语不好，众人曰：『姜先生，这刘大不是好惹的；卦如果不准，你去罢。』子牙曰：『不妨。』众人俱在这里闲站，等刘乾来。不一时，只见刘乾如飞前来。子牙问曰：『卦准不准？』刘乾大呼曰：『姜先生真神仙也！好准课！朝歌城中有此高人，万民有福，都知趋吉避凶！』子牙曰：『课既准了，取谢仪来。』刘乾曰：『二十文其实难为你，轻你。』口里只管念，不见拿出钱来。子牙曰：『课不准，兄便说闲话；课既准，可就送我课钱。如何只管口说！』刘乾曰：『就把一百二十文都送你，也还亏你。姜先生不要急，等我来。』刘乾站立檐前，只见南门那边来了一个人，腰束皮挺带，身穿布衫，行走如飞，刘乾赶上去，一把扯住那人。那人曰：『你扯我怎的？』刘乾曰：『不为别事，扯你算个命儿。』那人曰：『我有紧急公文要走路，我不算命。』刘乾道：『此位先生，课命准的好，该照顾他一命。况举医荐卜，乃是好情。』那人曰：『兄真个好笑！我不算命，也由我。』刘乾大怒，『你算也不算？』那人道：『我不算！』刘乾曰：『你既不算，我与你跳河，把命配你！』一把拽住那人，就往河里跑。众人曰：『那朋友，刘大哥分上，算个命

罢！』那人说：『我无甚事，怎的算命？』刘乾道：『若算不准，我替你出钱；若准，你还要买酒请我。』那人无法，见刘乾凶得紧，只得进子牙命馆来。那人是个公差有紧急事，等不的算八字，『看个卦罢。』扯下一个帖儿来与子牙看。子牙曰：『此卦做甚么用？』那人曰：『催钱粮。』子牙曰：『卦帖批与你去自验。此卦逢于艮，钱粮不必问。等候你多时，一百零三锭。』那人接了卦帖，问曰：『先生，一课该几个钱？』刘乾曰：『这课比众不同。五钱一课。』那人曰：『你又不是先生，你怎么定价？』刘乾曰：『不准包回换。五钱一课，还是好了你。』那人心忙意急，恐误了公事，只得称五钱银子去了。刘乾辞谢子牙。子牙曰：『承兄照顾。』众人在子牙命馆门前，看那催钱粮的如何。过一个时辰，那人押解钱粮，到子牙命馆门前曰：『姜先生真乃神仙出世！果是一百零三锭。真不负五钱一课！』子牙从此时来，轰动一朝歌。军民人等，俱来算命看课，五钱一命。子牙收得起的银子，马氏欢喜，异人遂心。不觉光阴似箭，日月如梭，半年以后，远近闻名，多来推算，不在话下。

且说南门外轩辕坟中，有个玉石琵琶精，往朝歌城来看妲己，便在宫中夜食宫人。御花园太湖石下，白骨现天。琵琶精看罢出宫，欲回巢穴，驾着妖光，径往南门过，只听得哄哄人语，扰嚷之声。妖精拨开妖光看时，却是姜子牙算命。妖精曰：『待我与他推算，看他如何？』妖精一化，变作一个妇人，身穿重孝，扭捏腰肢而言曰：『列位君子让一让，妾身算一命。』纣时人老诚，两边闪开。子牙正看命，见一妇人来的蹊跷。子牙定眼观看，认得是个妖精，暗思：『好孽畜！也来试我眼色。今日不除妖怪，等待何时！』子牙曰：『列位看命君子，「男女授受不亲」，

过一个时辰，那人押解钱粮，到子牙命馆门前曰：『姜先生真乃神仙出世！果是一百零三锭。真不负五钱一课！』子牙从此时来，轰动一朝歌。

先让这小娘子算了去，然后依次算来。』众人曰：『也罢。我们让他先算。』妖精进了里面坐下。子牙曰：『小娘子，借右手一看。』妖精曰：『先生算命，难道也会风鉴？』子牙曰：『先看相，后算命。』妖精暗笑，把右手递与子牙看。子牙一把将妖精的寸关尺脉门揝住，将丹田中先天元气，运上火眼金睛，把妖光钉住了。子牙不言，只管看着。妇人曰：『先生不相不言，我乃女流，如何拿住我手。快放手！旁人看着，这是何说！』旁人且多不知奥妙，齐齐大呼：『姜子牙，你年纪老大，怎干这样事！你贪爱此女姿色，对众欺骗，此乃天子日月脚下，怎这等无知，实为可恶！』子牙曰：『列位，此女非人，乃是妖精。』众人大喝曰：『好胡说！明明一个女子，怎说是妖精。』外面围看的挤嚷不开。子牙暗思：『若放了女子，妖精一去，青白难分。我既在此，当除妖怪，显我姓名。』子牙手中无物，止有一紫石砚台，用手抓起石砚，照妖精顶上响一声，打得脑浆喷出，血染衣襟。子牙不放手，还揝住了脉门，使妖精不能变化。两边人大叫：『莫等他走了！』众人

齐喊：『算命的打死了人！』重重叠叠围住了子牙命馆。不一时，打路的来，乃是亚相比干乘马来到，问左右：『为何众人喧嚷？』众人齐说：『丞相驾临，拿姜尚去见丞相爷！』比干勒住马，问：『甚么事？』内中有抱不平的人跪下：『启老爷：此间有一人算命，叫做姜尚。适间有一个女子来算命，他见女子姿色，便欲欺骗。女子贞洁不从，姜尚陡起凶心，提起石砚，照顶上一下打死，可怜血溅满身，死于非命。』比干听众口一辞，大怒，唤左右：『拿来！』子牙一只手拖住妖精，拖到马前跪下。比干曰：『看你皓头白须，如何不知国法，白日欺奸女子，良妇不从，为何执砚打死！人命关天，岂容恶党！勘问明白，以正大法。』子牙曰：『老爷在上，容姜尚禀明。姜尚自幼读书守礼，岂敢违法。但此女非人，乃是妖精。近日只见妖气贯于宫中，灾星历遍天下，小人既在辇毂之下，感当今皇上水土之恩，除妖灭怪，荡魔驱邪，以尽子民之志。此女实是妖怪，怎敢为非。望老爷细察，小民方得生路。』旁边众人，齐齐跪下：『老爷，此等江湖术士，利口巧言，遮掩狡诈，蔽惑老爷，众人经目，明明欺骗不从，逞凶打死；老爷若听他言，可怜女子衔冤，百姓负屈！』比干见众口难调，又见子牙拿住妇人手不放，比干问曰：『那姜尚，妇人已死，为何不放他手，这是何说？』子牙答曰：『小人若放他手，妖精去了，何以为证。』比干闻言，吩咐众民：『此处不可辨明，待吾启奏天子，便知清白。』众民围住子牙；子牙拖着妖精，往午门来。比干至摘星楼候旨。纣王宣比干见。比干进内，俯伏启奏。王曰：『朕无旨意，卿有何奏章？』比干奏曰：『臣过南门，有一术士算命，只见一女子算命，术士看女子是妖精，不是人，便将砚石打死。众民不服，齐言术士爱女子姿色，强奸不从，逞凶将女子打死。臣据术士之言，亦似有理。然众民之言，又是经目可证。臣请陛下旨意定夺。』妲己在后听见比干奏此事，暗暗叫苦：『妹妹，你回巢穴去便罢了，算甚么命！今遇恶人打死，我必定与你报仇！』妲己出见纣王：『妾身奏闻陛下，亚相所奏，真假难辨。主上可传旨，将术士连女子拖至摘星楼下，妾身一观，便知端的。』纣王曰：『御妻之言是也。』传旨：『命术士将女子拖于摘星楼见驾。』旨意一出，子牙将妖精拖至摘星楼。子牙俯伏阶下，右手揝住妖精不放。纣王在九曲雕栏之外，王曰：『阶下俯伏何人？』子牙曰：『小民东海许州人氏，姓姜，名尚，幼访名师，秘授阴阳，善识妖魅。因尚住居都城，南门求食，不意妖氛作怪，来惑小民。尚看破天机，巢妖精于朝野，灭怪静其宫阙。姜尚一则感皇王都城戴载之恩，报师傅秘授不虚之德。』王曰：『朕观此女，乃是人像，并非妖邪，何无破绽？』子牙曰：『陛下若要妖精现形，可取柴数担，炼此妖精，原形自现。』天子传旨：『搬运柴薪至于楼下。』子牙将妖精顶上用符印镇住原形，子牙方放了手，把女子衣裳解开，前心用符，后心用印，镇住妖精四肢，拖在柴上，放起火来。好火！但见：

浓烟笼地角，黑雾锁天涯。积风生烈焰，赤火冒红霞。风乃火之师；火乃风之帅。风仗火行凶；火以风为害。滔滔烈火，无风不能成形；荡荡狂风，无火焉能取胜。风随火势，须臾时燎彻天关；火趁风威，顷刻间烧开地户。金蛇串绕，难逃火炙之殃；烈焰围身，大难飞来怎躲。好似老君扳倒炼丹炉，一块火光连地滚。

子牙用火炼妖精，烧炼两个时辰，上下浑身，不曾烧枯了些儿。纣王问亚相比干曰：『朕观烈火焚烧两个时辰，

浑身也不焦烂，真乃妖怪！』比干奏曰：『若看此事，姜尚亦是奇人。但不知此妖终是何物作怪。』王曰：『卿问姜尚，此妖果是何物成精？』比干下楼，问子牙。子牙答曰：『要此妖现真形，这也不难。』子牙用三昧真火烧此妖精。不知妖精性命如何，且听下回分解。

第十七回　纣王无道造虿盆

诗曰：

虿盆极恶已满天，宫女无辜血肉残。
媚骨已无埋玉处，芳魂犹带秽腥膻。
故园有梦空歌月，此地沉冤未息肩。
怨气漫漫天应惨，周家世业更安然。

话说子牙用三昧真火烧这妖精。此火非同凡火，从眼、鼻、口中喷将出来，乃是精、气、神炼成三昧，养就离精，与凡火共成一处，此妖精怎么经得起！妖精在火光中，扒将起来，大叫曰：『姜子牙，我与你无冤无仇，怎将三昧真火烧我？』纣王听见火里妖精说话，吓的汗流浃背，目瞪痴呆。子牙曰：『陛下，请驾进楼，雷来了。』子牙双手齐放，只见霹雳交加，一声响亮，火灭烟消，现出一面玉石琵琶来。纣王与妲己曰：『此妖已现真形。』妲己听言，心如刀绞，意似油煎，暗暗叫苦：『你来看我，回去便罢了，又算甚么命！今遇恶人，将你原形烧出，使我肉身何安。我不杀姜尚，誓不与匹夫俱生！』妲己只得勉作笑容，启奏曰：『陛下命左右将玉石琵琶取上楼来，待妾上了丝弦，早晚与陛下进御取乐。妾观姜尚，才术两全，何不封彼在朝保驾？』王曰：『御妻之言其善。』天子传旨：『且将玉石琵琶，取上楼来。姜尚听朕封官：官拜下大夫，特授司天监职，随朝侍用。』子牙谢恩，出午门外，冠带

话说胶鬲坠楼，粉骨碎身。纣王看见，更觉大怒，传旨：『将宫女推下虿盆，连胶鬲一齐喂了蛇蝎！』可怜七十二名宫人，齐声高叫：『皇天后上，我等又未为非，遭此惨刑！妲己贱人！我等生不能食汝之肉，死后定啖汝阴魂！』

回来异人庄上。异人设席款待，亲友俱来恭贺。饮酒数日，子牙复往都城随朝。不表。

且说妲己把玉石琵琶放于摘星楼上，采天地之灵气，受日月之精华，已后五年，返本还元，断送成汤天下。

一日，纣王在摘星楼与妲己饮宴，酒至半酣，妲己歌舞一回，与纣王作乐。三宫嫔妃，六院宫人，齐声喝采。内有七十余名宫人，俱不喝采，眼下且有泪痕。妲己看见，停住歌舞，查问那七十余名宫人原是哪一宫的。内有奉御官查得：原是中宫姜娘娘侍御宫人。妲己怒曰：『你主母谋逆赐死，你们反怀忿怒，久后必成宫闱之患。』奏与纣王，纣王大怒，传旨：『拿下楼，俱用金瓜打死！』妲己奏曰：『陛下，且不必将这起逆党击顶，暂且送下冷宫，妾有一计，可除宫中大弊。』奉御官即将宫女送下冷宫。且说妲己奏纣王曰：『将摘星楼下，方圆开二十四丈阔，深五丈。陛下传旨，命都城万民，每一户纳蛇四条，都放于此坑之内。将作弊宫人，跣剥干净，送下坑中，喂此毒蛇。此刑名曰「虿

盆』。』纣王曰：『御妻之奇法，真可剔除宫中大弊。』天子随传旨意，张挂各门。国法森严，万民遭累，勒令限期，往龙德殿交蛇。众民日日进于朝中，并无内外，法纪全消。朝廷失政，不止一日。众民纳蛇，都城那里有这些蛇，俱到外县买蛇交纳。一日，文书房胶鬲官居上大夫，在文书房里，看天下本章，只见众民或三两成行，四五一处，手提筐篮，进九间大殿。大夫问执殿官：『这些百姓，手提筐篮，里面是甚么东西？』执殿官答曰：『万民交蛇。』大夫大惊曰：『天子要蛇何用？』执殿官曰：『卑职不知。』大夫出文书房到大殿，众民见大夫叩头。胶鬲曰：『你等拿的甚么东西？』众民曰：『天子榜文，张挂各门，每一户交蛇四条。都城那里许多蛇，俱是百里之外，买蛇交纳。不知圣上哪里用。』胶鬲曰：『你们且去交蛇。』众民去了。大夫进文书房，不看本章，只见武成王黄飞虎、比干、微子、箕子、杨任、杨修俱至，相见礼毕。胶鬲曰：『列位大人可知天子令百姓每户纳蛇四条，不知取此何用。』黄飞虎答曰：『末将昨日看操回来，见众民言，天子张挂榜文，每户交蛇四条，纷纷不绝，俱有怨言。因此今日到此，请问列位大人，必知其详。』比干、箕子曰：『我等一字也不知。』黄飞虎曰：『列位既不知道，叫执殿官过来：你听我吩咐。你上心打听，天子用此物做甚么事。若得实信，速来报我，重重赏你。』执殿官领命去讫，众官随散。不表。

且说众民又过五七日，蛇已交完。收蛇官往摘星楼回旨，奏曰：『都城众民交蛇已完，奴婢回旨。』纣王问妲己曰：『坑中蛇已完了，御妻何以治此？』妲己曰：『陛下传旨，可将前日暂寄不游宫宫人，跣剥干净，用绳缚背，

推下坑中，喂此蛇蝎。若无此极刑，宫中深弊难除。』纣王曰：『御妻所设此刑，真是除奸之要法。蛇既纳完，命奉御官将不游宫前日送下宫人，绑出推落虿盆。』奉御官得旨，不一时将宫人绑至坑边。那宫人一见蛇蝎狰狞，扬头吐舌，恶相难看，七十二名宫人一齐叫苦。那日胶鬲在文书房，也为这件事，逐日打听；只听得一阵悲声惨切。大夫出的文书房来，见执殿官忙忙来报：『启老爷：前日天子取蛇，放在大坑中；今日将七十二名宫人跣剥入坑，喂此蛇蝎。卑职探听得实，前来报知。』胶鬲闻言，心中甚是激烈，径进内庭，过了龙德殿，进分宫楼，走至摘星楼下，只见众宫人赤身缚背，泪流满面，哀声叫苦，凄惨难观。胶鬲厉声大叫曰：『此事岂可行！胶鬲有本启奏！』纣王正要看毒蛇咬食宫人以为取乐，不期大夫胶鬲启奏。纣王宣胶鬲上楼俯伏，王问曰：『朕无旨意，卿有何奏章？』胶鬲泣而奏曰：『臣不为别事，因见陛下横刑惨酷，民遭荼毒，君臣睽隔，上下不相交接，宇宙已成否塞之象。今陛下又用这等非刑，宫人得其何罪！昨日臣见万民交纳蛇蝎，人人俱有怨言。今旱潦频仍，况且买蛇百里之外，民不安生。臣闻：民贫则为盗，盗聚则生乱。况且海外烽烟，诸侯离叛，东南二处，刻无宁宇，民日思乱，刀兵四起。陛下不修仁政，日行暴虐，自从盘古至今，并不曾见，此刑为何名？哪一代君王所制？』王曰：『宫人作弊，无法可除，往往不息，故设此刑，名曰「虿盆」。』胶鬲奏曰：『人之四肢，莫非皮肉，虽有贵贱之殊，总是一体。今人坑穴之中，毒蛇吞啖，苦痛伤心。陛下观之，其心何忍，圣意何乐。况宫人皆系女子，朝夕宫中，侍陛下于左右，不过役使，有何大弊，遭此惨刑。望陛下怜赦宫人，真皇上浩荡之恩，体上天好生之德。』王曰：『卿之所谏，亦似有理；但肘腋之

妲己命宫人将画叉挑着。纣王曰：『此画又非翎毛，又非走兽，又非山景，又非人物。』上画一台，高四丈九尺，殿阁巍峨，琼楼玉宇，玛瑙砌就栏杆，明珠妆成梁栋，夜现光华，照耀瑞彩，名曰『鹿台』。

患，发不及觉，岂得以草率之刑治之？况妇寺阴谋险毒，不如此，彼未必知警耳。』胶鬲厉声言曰：『「君乃臣之元首，臣是君之股肱。」又曰：「亶聪明作元后，元后作民父母。」今陛下忍心丧德，不听臣言，妄行暴虐，罔有悛心，使天下诸侯怀怨，东伯侯无辜受戮，南伯侯屈死朝歌，谏官尽遭炮烙；今天宰宫娥又入虿盆。陛下只知欢娱于深宫，信谗听佞，荒淫酗酒，真如重疾在心，不知何时举发，诚所谓大痈既溃，命亦随之。陛下不一思省，只知纵欲败度，不想国家何以如磐石之安。可惜先王克勤克俭，敬天畏民，方保社稷太平，华夷率服。陛下当改恶从善，亲贤远色，退佞进忠，庶几宗社可保，国泰民安，生民幸甚。臣等日夕焦心，不忍陛下沦于昏暗，黎民离心离德，祸生不测，所谓社稷宗庙非陛下之所有也。臣何忍深言，望陛下以祖宗天下为重，不得妄听女子之言，有废忠谏之语，万民幸甚！』纣王大怒曰：『好匹夫！怎敢无知侮谤圣君，罪在不赦！』叫左右：『即将此匹夫剥净，送入虿盆，以正国法！』众人方欲来拿，被胶鬲大喝曰：『昏君无道，杀戮谏臣，

此国家大患，吾不忍见成汤数百年天下一旦付与他人，虽死我不瞑目。况吾官居谏议，怎入蚕盆！』手指纣王大骂：『昏君！这等横暴，终应西伯之言！』大夫言罢，望摘星楼下一跳，撞将下来，跌了个脑浆迸流，死于非命。有诗为证：

赤胆忠心为国忧，先生撞下摘星楼。
早知天数成汤灭，可惜捐躯血水流。

话说胶鬲坠楼，粉骨碎身。纣王看见，更觉大怒，传旨：『将宫女推下蚕盆，连胶鬲一齐喂了蛇蝎！』可怜七十二名宫人，齐声高叫：『皇天后上，我等又未为非，遭此惨刑！妲己贱人！我等生不能食汝之肉，死后定啖汝阴魂！』纣王见宫人落于坑内，饿蛇将宫人盘绕，吞咬皮肤，钻入腹内，苦痛非常。妲己曰：『若无此刑，焉得除宫中大患！』纣王以手拂妲己之背曰：『喜你这等奇法，妙不可言！』两边宫人，心酸胆碎。有诗为证：

蚕盆蛇蝎势狰狞，宫女遭殃入此坑。
一见魂飞千里外，可怜惨死胜油烹。

话说纣王将宫人入于坑内，以为美刑。妲己又奏曰：『陛下可再传旨，将蚕盆左边掘一池，右边挖一沼。池中以糟丘为山，右边以酒为池。糟丘山上，用树枝插满，把肉披成薄片，挂在树枝之上，名曰「肉林」。右边将酒灌满，名曰「酒海」。天子富有四海，原该享无穷富贵，此肉林、酒海，非天子之尊，不得妄自尊享也。』纣王曰：『御妻异制奇观，真堪玩赏；非奇思妙想，不能有此。」随传旨，依法制造。非止一日，将酒池、肉林，造的完全。纣王设宴，与妲己玩赏肉林、酒池。正饮之间，妲己奏曰：『乐声烦厌，歌唱寻常，陛下传旨，命宫人与宦官扑跌，得胜者池中赏酒；不胜者乃无用之婢，侍于御前，有辱天子，可用金瓜击顶，放于糟内。』妲己奏毕，纣王无不听从，传旨：『命宫人宦官扑跌。』可怜这妖孽在宫中，无所不为，宫宦遭殃，伤残民命。——看官：他为何事要将宫人打死，入在糟内？妲己或二三更，现出原形，要吃糟内宫人，以血食养他妖气，惑于纣王。有诗曰：

悬肉为林酒作池，纣王无道奚穷奇。
虿盆怨气冲霄汉，炮烙精魂傍火炊。
文武无心扶社稷，军民有意破宫禨。
将来国土何时尽？戊午旬中甲子期。

话说纣王听信妲己，造酒池、肉林，一无忌惮，朝纲不整，任意荒淫。一日，妲己忽然想起玉石琵琶精之恨，设一计要害子牙；作一图画。那日在摘星楼与纣王饮宴，酒至半酣，妲己曰：『妾有一图画，献与陛下一观。』王曰：『取来朕看。』妲己命宫人将画又挑着。纣王曰：『此画又非翎毛，又非走兽，又非山景，又非人物。』上画一台，高四丈九尺，殿阁巍峨，琼楼玉宇，玛瑙砌就栏杆，明珠妆成梁栋，夜现光华，照耀瑞彩，名曰『鹿台』。妲己奏曰：『陛下万圣至尊，贵为天子，富为四海，若不造此台，不足以壮观瞻。此台真是瑶池玉阙，阆苑蓬莱。陛下早

晚宴于台上，自有仙人、仙女下降。陛下得与真仙遨游，延年益寿，禄算无穷，陛下与妾共叨福庇，永享人间富贵也。』王曰：『此台工程浩大，命何官督造？』妲己奏曰：『此工须得才艺精巧、聪明睿智、深识阴阳、洞晓生克。以妾观之，非下大夫姜尚不可。』纣王闻言，即传旨：『宣下大夫姜尚。』使臣往比干府宣召姜尚。比干慌忙接旨。使臣曰：『旨意乃是宣下大夫姜尚。』子牙即忙接旨，谢恩曰：『天使大人，可先到午门，卑职就至。』使臣去了。子牙暗起一课，早知今日之危。子牙对比干谢曰：『姜尚荷蒙大德提携，并早晚指教之恩，不期今日相别。此恩此德，不知何时可报。』比干曰：『先生何故出此言？』子牙曰：『尚占运命，主今日不好，有害无利，有凶无吉。』比干曰：『先生又非谏官在位，况且不久面君，以顺为是，何害之有！』子牙曰：『尚有一柬帖，压在书房砚台之下，但丞相有大难临身，无处解释，可观此柬，庶几可脱其危，乃卑职报丞相涓涯之万一耳。从今一别，不知何日能再睹尊颜！』子牙作辞，比干着实不忍：『先生果有灾迍，待吾进朝面君，可保先生无虞。』子牙曰：『数已如此，不必动劳，反累其事。』比干相送，子牙出相府，上马来到午门，径至摘星楼候旨。奉御官宣上摘星楼，见驾毕。王曰：『卿与朕代劳，起造鹿台，俟功成之日，加禄增官，朕决不食言。图样在此。』子牙一看，高四丈九尺，上造琼楼玉宇，殿阁重檐，玛瑙砌就栏杆，宝石妆成梁栋。子牙看罢，暗想：『朝歌非吾久居之地，且将言语感悟这昏君，昏君必定不听、发怒。我就此脱身隐了，何为不可！』毕竟子牙凶吉如何，且听下回分解。